MADAME POISSON

POÉSIES

PRÉCÉDÉES D'UNE NOTICE

PARIS

JULES GERVAIS, LIBRAIRE-ÉDITEUR

29, RUE DE TOURNON

ANCIENNE MAISON CHARLES DOUNIOL

1881

POÉSIES

ŒUVRES DE L'ABBÉ POISSON

1° ESSAI SUR LES CAUSES DU SUCCÈS DU PRO-
TESTANTISME AU XVIᵉ SIÈCLE.

2° EXPLICATION DES ÉVANGILES 2 v. IN-18. 2 f.

3° CHRONIQUES DE L'ABBAYE DE SAINT PÈRE
DE CHARTRES, SUIVIES DE LA MONOGRAPHIE
DE L'ÉGLISE.

4° VIE DE SAINT GILDIUM.

5° LÉGENDE DE SAINTE SOLINE.

6° NOTICE SUR L'ABBAYE DE L'EAU.

7° LA RAISON, LA SCIENCE ET LA FOI DEVANT
LE MYSTÈRE, 1 v. IN-8°.   6 f.

8° POÉSIES ET AUTRES PIÈCES 1 v. IN-12. 2 f. 50.

9° SERMONS ET INSTRUCTIONS, PUBLIÉS DANS
L'ENSEIGNEMENT CATHOLIQUE.

IMPRIMERIE DES APPRENTIS-ORPHELINS. — ROUSSEL. — 40, RUE LA FONTAINE
PARIS-AUTEUIL.

MADAME POISSON

POÉSIES

PRÉCÉDÉES D'UNE NOTICE

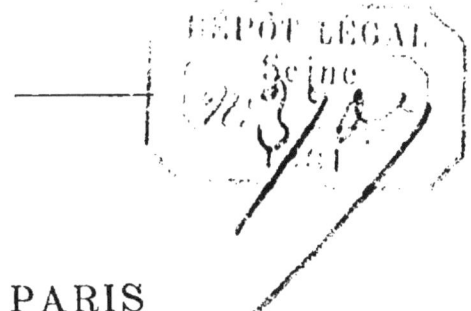

PARIS
JULES GERVAIS, LIBRAIRE-ÉDITEUR
29, RUE DE TOURNON
ANCIENNE MAISON CHARLES DOUNIOL

—

1881

AVANT-PROPOS

Ma mère composa plusieurs pièces de vers,
j'ai pensé qu il était de ma piété filiale de les
publier dès qu'il me serait loisible et de les
garantir ainsi d'un complet oubli. Diverses
circonstances m'ont empêché jusqu'à ce
jour de le faire, voilà la cause du retard. Ma
mère avait beaucoup versifié dans sa jeunesse:
chansons, impromptus, etc. Ces premières
poésies n'eurent à peu près d'autre valeur que
l'à-propos du moment. Pour les chanter, sa
belle et vibrante voix leur donnait du charme :
ma mère savait sentir, et elle savait exprimer
ce qu'elle sentait. Ces premières œuvres ont
disparu. Elle les a détruites ou comme fai-

bles ou comme trop profanes. Elle versifiait
d'ailleurs selon que son imagination était
impressionnée. Ses poésie religieuses, fruits
de la piété et de l'âge mûr, eurent plus de
valeur. Les années n'avaient nullement ralenti
chez elle la vivacité du sentiment et de l'imagination. Du reste, ce que je publie de ses
poésies le prouvera, ce qu'elle exprime dans
ses vers est bien ce qu'elle sentait; souvent
même l'expression lui manquait pour rendre
les vives et profondes émotions de son âme,
où l'idéal se mêlait parfois et apportait l'agitation et la souffrance, ainsi qu'il arrive à
tous ceux qui pensent et sentent vivement.
Cependant elle était avant tout femme d'ordre,
appliquée au travail et au ménage ; la poésie
n'arrivait qu'en second lieu, comme délasse-
ment, ainsi que la musique, car elle était
bonne musicienne et pinçait admirablement
bien de la guitare. Contre les souffrances de
l'âme, la poésie fut plus d'une fois son remède,
comme la religion sa consolation et sa force.
Elle ne versifia donc pas dans le but de publier; elle pensait que sa valeur littéraire était
pour cela trop inférieure. Si je publie moi-
même ses œuvres, ce n'est, encore une fois,

que comme un précieux souvenir de celle qui
m'a donné le jour et m'a aimé avec toute la
tendresse d'une mère pleine de dévouement.
Je vais raconter ce qu'a été son existence.

NOTICE

SUR

MADAME POISSON

Louise Jeanne Ancest naquit à Paris au palais de
Justice, où son père était logé, le samedi 14 novembre 1778, à quatre heures du matin. Elle fut
baptisée le même jour dans l'église St-Barthélemy,
sa paroisse. Elle eut pour parrain son grand-père
Jean André Ancest, ancien receveur des épices de
la 3e chambre du Parlement de Paris, et, depuis,
attaché à deux différentes fois au Contrôle des fi-
nances comme secrétaire du Contrôleur général
Lambert. Sa marraine fut sa grand'mère maternelle, Elisabeth Louise Regnier, épouse de Bertrand
Lambert, négociant à Dourdan. Son père, Jean
Ancest, avocat en Parlement avant sa 19e année,
était attaché au parlement au double titre de receveur des épices de la 3e chambre des enquêtes et de
secrétaire du parquet et de plusieurs conseillers et
de plusieurs maîtres des requêtes. Il était de plus
procureur fiscal du chapitre de Notre-Dame et de

1

la maison de St-Lazare. Il était né à Paris le 2 novembre 1746. Il prêta le serment d'avocat le 2 septembre 1765. La mère de Louise, née à Dourdan,
se nommait Marie Jeanne Julie Lambert. M. Ancest et Mlle Lambert s'étaient mariés en 1777.
Louise fut leur premier enfant. M. Ancest père,
petit homme à principes austères, s'était opposé à
ce mariage : on l'avait prévenu contre sa future
belle-fille; il apprécia plus tard ses belles qualités.
C'était une jolie personne qui avait puisé des manières fort distinguées dans la Société intime de
Mlle de Vertillac, depuis princesse de Rével. Le château de Dourdan appartenait alors à M. de Vertillac. Elle avait d'ailleurs reçu une belle éducation,
car sa mère avait tenu à briller dans sa fille.
Mme Lambert était nièce de MM. Regnier de Boësse;
elle prétendait avoir épousé M. Lambert par
distraction. Le mot était original et renfermait
une pointe d'esprit. Revenons à Louise : sa naissance
fut l'occasion de la réconciliation entre le grand-père
et son fils et sa belle-fille.

La position des parents de Louise lui préparait
un bel avenir; la Révolution vint le briser, comme
nous le verrons. Mlle Ancest apporta une imagination vive, ardente, qui ne connaissait nul repos.
Dans l'enfance, elle la rendit décidée et acariâtre,
d'après ce qu'elle racontait. Les événements et les
malheurs de sa vie contribuèrent à augmenter cette
exaltation d'esprit, qui la jetait dans une inquiétude

continuelle : mais son âme était grande, était aimante, et son cœur bon ; son jugement les égalait par
sa solidité. Il lui aida avec l'expérience et les années à acquérir la connaissance parfaite des hommes.
Cependant sa vivacité dans la manière de sentir et
de penser la fit plus d'une fois dupe des gens et de
son cœur. L'imagination chez elle ne faussait pas
le jugement, elle l'égarait : ce qui est plus dangereux
pour la paix de l'âme. Chez elle encore tout était
poésie dans le sentiment, autre source de mécompte
et de souffrance. Elle fut d'ailleurs poète dès son bas
âge ; à neuf ans elle faisait des vers. Elle les avait
gardés dans sa mémoire et elle les récitait encore
dans sa vieillesse. La rime y était tant bien que
mal, mais elle était le prélude de la femme poète.
Mlle Ancest poétisait tout dans sa pensée. Dans sa
conduite, c'était tout différent, elle était très positive :
elle le fut toute sa vie. Elle devait cette précieuse
qualité à la solidité de son jugement, en outre à son
expérience formée peu à peu par le malheur et par
le contact de la société. Elle était donc essentiellement une femme d'ordre et parfaite dans l'entente
du ménage : elle estimait ceci comme la qualité la
plus essentielle de la femme, que par là on devait
juger sa valeur. Elle pensait en outre que c'était
une cause puissante d'union et de bonheur dans le
mariage. Tel était le côté positif qui corrigeait en
elle l'idéal de l'imagination. L'habitude du grand
monde en avait fait de plus une femme de bonne

compagnie. Il n'y avait rien de commun dans ses
manières, quoiqu'il y eût chez elle une grande simplicité de vie et de parure, surtout dans les dernières
années de son existence. Les gens grossiers lui déplaisaient, ainsi que le mauvais ton d'une demi-édu-
cation. Elle s'échauffait quand elle avait de pareils
gens à subir; elle en parlait en femme molestée.
Le genre parvenu lui était tout à fait insupportable;
elle déclarait préférer absence totale de savoir-vivre.
La grâce de son esprit faisait les charmes de la société. Il y avait une grande aisance en ses manières.
Elle savait parler histoire, politique, religion, littérature, poésie. Elle perdit un peu sous ce rapport
dans les dernières années de sa vie : les souffrances
physiques avaient rendu sa conversation moins animée. Elle retrouvait cependant du feu lorsqu'il s'a-
gissait de raconter les grandes émotions de son
existence passée. Elle narrait parfois avec un à-propos et un piquant remarquables. Elle n'était pas une
femme jolie, mais ses yeux avaient une expression
vive. Lorsque l'âme était fortement impressionnée,
on y remarquait l'exaltation; le mouvement en
était presque convulsif dans les grandes agitations du cœur : l'esprit n'y régnait plus, mais
toute la commotion de l'âme y apparaissait. L'imagination doublait alors la réalité de ses afflictions
et de ses chagrins : il lui était impossible de dominer
les émotions qui l'agitaient, de maîtriser son imagination; chose difficile, d'ailleurs, à qui sent vive-

ment. Il faut une longue étude pour cacher les secrets de son âme, n'en laisser rien apercevoir lorsqu'on est fortement impressionné. Il est bon, cependant, de posséder ce grand art : on domine par là
la situation, on déjoue les procédés plus ou moins
hostiles, on se met à l'abri du mauvais vouloir. Etre
maître de soi pour ne point se laisser deviner est une
grande habileté, celle, en général, des grands caractères. Et il faut l'avouer, les grands caractères
sont rares. Du reste, pris à l'improviste, il échappe
presque toujours quelque chose de la sensation in-
térieure.

Les grandes lignes des traits de Louise annonçaient de l'énergie. L'ensemble de sa physionomie
avait quelque chose de caractéristique, un mélange de
mélancolie et de noblesse. Elle était grande. Sans
avoir de la majesté, elle avait de l'aisance dans son
port. Sa taille était svelte. Elle manqua toujours
d'embonpoint : cela tint à son tempérament naturellement bilieux et mélancolique. Elle croyait celui-
ci nerveux : les médecins le lui disait ; ils se trom-
paient avec elle. Il y avait seulement réaction du
tempérament et de l'imagination sur le système
nerveux. En sa jeunesse, son bras était magnifique.
Dans sa vieillesse, il ne lui resta plus que la beauté
des yeux, qui furent beaux, jusqu'au dernier moment,
car ils brillèrent un instant d'un éclat remarquable
et très expressif en entrant en agonie. Que se passa-
t-il alors en son âme ? Dieu seul en a le secret, ses

lèvres essayèrent un sourire et des paroles à l'approche de son fils et à la vue de la croix que celui-ci lui présenta. Elle sentait qu'elle allait mourir entre les deux objets de ses plus vives et plus chères affections, Dieu et son fils. Ceci est probable : elle ne put l'exprimer que par le regard, en lequel fut alors toute l'émotion de son âme. En un clin d'œil tous ses traits dénotèrent l'espérance et le bonheur, puis aussitôt son regard se fixa, pour s'éteindre peu après. C'était le dernier effort du sentiment et de l'intelligence ; la mort acheva immédiatement sa douloureuse action sur cette nature épuisée. Ce regard si expressif cependant et si extraordinaire a pu être l'annonce de la vision qu'elle avait espérée toute sa vie pour le moment de sa mort et qui devait lui être, disait-elle, au cas qu'elle eût lieu, le gage de sa prédestination : c'est ce qu'il faut expliquer, d'autant que cela a eu une grande influence sur sa vie. Je vais rapporter le fait, tel qu'elle le racontait:

« A l'âge de six ans, on venait de me coucher
« dans une chambre attenante au cabinet de mon
« père et ayant son unique sortie par ce cabinet ;
« j'étais encore tout éveillée, lorsque les rideaux de
« mon lit furent entr'ouverts par un être humain
« d'une figure douce et suave, entouré comme d'une
« auréole bleue ; il me fixa quelques instants sans
« mot dire, puis il s'inclina vers moi. A ce moment,
« effrayée, je jetai un cri, j'appelai mon père : «Papa,

« un homme. » L'être d'apparence humaine fer-
« ma les rideaux et disparut en s'éloignant. A mes
« cris, mon père accourut. « Papa, lui dis-je, un
« homme vient d'approcher de mon lit pour m'em-
« brasser et me prendre. » Mon père regarda cela
« comme un rêve; il s'efforça de me rassurer. Il
« me dit qu'il n'avait rien vu; que moi-même je
« m'étais imaginé voir; que j'eusse à m'endormir;
« que je m'étais trompée. Dormir ne me fut pas fa-
« cile : cependant mes yeux finirent par se clore.
« Le lendemain matin, peu après mon réveil, mes
« rideaux étant ouverts, je vis le même être tra-
« verser la chambre d'un pas léger, sans s'appro-
« cher de mon lit, et se diriger vers le cabinet de
« mon père. J'appelai encore papa, en lui disant :
« Vous devez l'avoir vu, il vient de s'en aller par
« votre cabinet ». Mon père n'avait rien vu; il me
« dit que c'était une idée, que j'étais encore sous
« l'impression de mon rêve de la veille. »

La jeune enfant crut que c'était son bon ange,
à cause de la suavité de la vision. Cependant depuis lors elle resta sous une impression de frayeur,
à tel point que jusqu'à l'âge de cinquante ans elle
fit chaque soir une prière pour demander à Dieu de
ne jamais revoir cette figure qui l'avait tant effrayée
dans son enfance. Elle avoua plusieurs fois jusqu'à
cet âge qu'elle aurait grand'peur si la vision lui apparaissait de nouveau. A cinquante ans, à une époque d'une effervescence particulière d'attachement,

de poésie et de piété, un soir, étant seule, ne pensant à rien, venant de se coucher et près de s'endormir, mais bien éveillée, la même figure de son
enfance lui apparut sur la paroi du mur opposée au
chevet de son lit (elle avait toujours une lampe-
veilleuse allumée durant la nuit); elle la contempla
quelques instants avec attention; puis la vision s'é-
vanouit. Depuis ce temps elle n'eut plus peur. Ce
qu'il l'occupa, c'était de savoir si cette vision lui
apparaîtrait au moment de sa mort. Elle était, du
reste, heureuse de l'avoir revue et de n'avoir plus
aucune frayeur. Elle était loin d'être visionnaire.
Elle ne croyait pas aux revenants. Elle répétait
qu'elle avait peur des vivants et non des morts. Elle
ne s'arrêtait pas davantage aux songes. Femme
d'une foi vive à l'égard des grandes vérités de la
religion, elle n'en avait aucune à l'égard des apparitions et des prophéties de notre époque; elle les
considérait comme le produit de l'exaltation de l'esprit ou comme les condamnables et petits moyens
de l'intrigue. Pour la vision de son enfance, elle
déclarait ne pouvoir s'en rendre compte, seulement
elle avouait en être frappée; elle n'osait en rien
prononcer. Elle lui servit pour s'arrêter dans le
mal et pour pratiquer le bien. Ce fait est au moins
une preuve que son imagination travaillait déjà
beaucoup dès l'âge de six ans.

Ce fut vers ce temps que la jeune Ancest fut mise
en pension à Belleville, près de Paris. Son grand-

père Ancest eût voulu la voir élever dans un couvent ; son père, complètement parlementaire dans
les idées et la conduite, ne goûtait pas ce genre
d'éducation. Mlle Ancest puisa néanmoins dans sa
pension mondaine les éléments de la piété et de la
foi qu'elle eut toute sa vie. Elle aimait à le dire. La
maîtresse de pension était un peu dans les idées du
XVIII° siècle, mais elle avait des sous-maîtresses
excellentes. La jeune Ancest reçut la confirmation
à sept ans. L'archevêque confirmant était Mgr de
Juigné. Elle avouait qu'elle ne comprit guère
alors l'importance et la grandeur de cet acte religieux.

En 1787, son père subit l'exil du Parlement à
Troyes, lieu originaire de la famille Ancest. Le
Parlement fut rappelé le 20 septembre, un mois
après son exil. M. Ancest, comme tous ceux qui
avaient subi cet éloignement, reçut les félicitations
des femmes de la Halle de Paris et un énorme bouquet. C'était le commencement des mouvements
populaires qui devaient avoir une si funeste issue.
La démagogie fêtait les parlements parce que ceux-
ci faisaient opposition à l'autorité royale devenue
le point de mire des haines contre l'ancien régime.
La démagogie devait bientôt applaudir à la destruc-
tion des parlements et à la mort sanglante d'un
grand nombre de leurs membres. Les passions du
peuple, lorsqu'elles sont flattées, deviennent un
moyen et une arme que le peuple tourne contre le

1.

flatteur, dès qu'elles ne sont pas contentées en leurs aspirations mauvaises. Rien n'est plus effroyable que la colère et l'effervescence de la populace, parce que rien n'est plus aveugle et plus brutal : en l'homme et en la femme apparaît alors la férocité de la brute. Dieu, il faut le reconnaître, le permet en sa conduite providentielle et mystérieuse, car elles sont un châtiment à l'égard des sociétés humaines et des empires qui sont sortis du juste et du modéré. La puissance croule à un moment donné, par malheur il en suit le désordre, que Dieu condamne et châtie à son tour.

M. Ancest se trouva encore à la grande-chambre lorsque le Parlement en fit fermer les portes et refusa de livrer M. d'Eprémesnil. Sa famille fut dans les angoisses pendant vingt-quatre heures, elle craignait un nouvel exil. Mlle Amcest commençait à comprendre les événements qui allaient amener le bouleversement complet de l'ancien état de choses ; elle écoutait, en jouant, la politique qu'on faisait dans le salon de son père, et elle était frappée des sinistres prévisions de l'avenir. On l'avait retirée de pension à 9 ans. Elle n'y retourna plus ; la Révolution empêcha la fin de son éducation. Sa jeune âme était vivement impressionnée des premiers excès de la fureur populaire. Elle en était témoin à un titre bien capable d'émouvoir son cœur et son imagination, son père étant exposé à en devenir la victime. En 1789, lors du pillage de la

màison de St-Lazare, le 13 juillet, il alla courageu-
sement remplir, en sa qualité de procureur fiscal,
la périlleuse mission de faire l'enquête sur les dé-
gâts. Les membres du parlement admiraient son
dévouement, mais le jugeaient imprudent au milieu
d'une effervescence que personne ne pouvait plus
maîtriser. Allez-y, lui avait-on dit, si vous vous en
sentez le courage, mais nous ne vous l'ordonnons
point, même nous ne vous y engageons pas. Quelles transes pour sa famille pendant cette journée
où des cris *à la lanterne* retentissaient de tous les
côtés ! M. Ancest trouva la maison de St Lazare
dans le plus affreux désordre; il s'y était rendu le
lendemain du pillage, à 9 heures du matin. La populace était descendue jusque dans les caves. Elle
avait défoncé les tonneaux, brisé les bouteilles, le
vin ruisselait de toutes parts, on en avait jusqu'à la
cheville du pied. Quelques-uns des dévastateurs
avaient trouvé la mort dans l'ivresse la plus complète, trois hommes et une femme. Une trentaine
d'autres entièrement ivres furent transportés à leur
domicile par ordre de M. Ancest. Le crime avait
porté avec lui son châtiment. M. Ancest employa
toute la journée à l'enquête. Il fit retrouver quelques-uns des meubles et des effets de la chambre
de St. Vincent de Paul, les fit rapporter, sans se
laisser intimider par les vociférations du dehors.
A son retour on criait derrière sa voiture : « *à la
lanterne, à la lanterne* » Peu de jours après, le 22

juillet, on y accrochait MM. Foulon et Berthier,
personnages de sa connaissance, et le jour même
on massacrait M. Delaunay, après la prise de la
Bastille. Mlle Ancest partageait les frayeurs et les
transes de sa mère; elle inaugurait sa vie de jeune
fille par les troubles et les afflictions du cœur. Au
retour de M. Ancest, ce fut pour sa femme et pour
sa fille comme s'il eût échappé à une mort certaine, ce furent les mêmes effusions. Le procès-verbal de cette enquête fut mis sous les yeux de
Louis XVI; mais l'infortuné monarque devait bientôt devenir impuissant pour récompenser les services rendus à la cause de l'ordre et les actes de
courage; ces derniers même devaient être changés
en crime devant les tribunaux révolutionnaires.

M. Ancest vit lui-même sa maison de campagne,
située à Bagnolet, dévastée et démolie : il n'eut que
le temps de s'enfuir. Une ruelle supprimée et un
procès gagné en Parlement à ce sujet furent le motif
de la fureur et de la vengeance des paysans, qui
profitèrent des premiers troubles pour se faire ce
qu'ils appelaient justice. Des pieux, des fourches,
des pioches furent le moyen qu'ils employèrent.

Signalé comme aristocrate, M. Ancest crut prudent de quitter Paris et de se retirer dans le pays
de sa femme, à Dourdan. Mlle Ancest suivit son
père et sa mère. Son père se lia avec les nobles de
la ville et des environs, M. de Vertillac, M. Des-
vaux, beau-père de M. d'Espréménil, M. de Cher-

ville, la famille de Gauville, la princesse de Rohan-
Chabot, belle-sœur du cardinal, etc. C'était courir
au-devant de la persécution et de la dénonciation.

M¹¹ᵉ Ancest apporta à Dourdan son esprit lutin
et décidé. Sa mère la réprimandait : mais les répri-
mandes n'avaient pas d'effet. Il fallait aller par une
autre voie au cœur de cette jeune enfant. Elle fut
confiée pour sa première communion à un prêtre
vertueux, simple, d'un rigorisme outré, qui ne sut
pas comprendre sa nature et qui, par sa sévérité
même, la rendait plus indomptable. A ses yeux
M¹¹ᵉ Ancest était un vrai diable : aussi point de première communion. Cet ecclésiastique était un
excellent homme auquel manquait deux qualités
essentielles, l'expérience et le tact. Le grand-père,
M. Ancest, dont elle était la petite-fille chérie, lui
écrivait de temps en temps, des leçons de morale.
Voici une de ses lettres, la seule qui soit restée :

A MADEMOISELLE ANCEST
A DOURDAN

Paris, 5 décembre 1790.

« Un seul mot de la part de ceux qu'on aime,
« mon cher petit cœur, efface bien des torts. C'est
« l'impression qu'ont faite sur moi les lettres que tu
« m'as écrites : non pas que je prétende par là
« autoriser tout ce qui pourrait tenir en quelque
« peu que ce soit de la paresse, mais pour t'engager
« à donner des preuves de ta sensibilité à la tendre

« amitié d'un bon papa qui te chérit bien vérita-
« blement. Néanmoins, mon cher petit cœur,
« quelque plaisir que puisse me causer l'expression
« de tes sentiments pour moy, je m'en priveray
« volontiers pourvu que je puisse être instruit par
« ta maman de la satisfaction que tu lui donnes en
« remplissant tous tes devoirs. Je dis tous, car
« manquer à quelques-uns ce n'est pas avoir rem-
« pli le précepte et la loy du Seigneur. Te voilà
« dans un âge où tous les momens de la vie de-
« viennent précieux, il faut les mettre à profit, et
« avoir toujours devant les yeux le compte qu'il en
« faudra rendre au Très-haut. Voicy, dit l'apôtre,
« un tems favorable, voicy des jours de salut ;
« c'est à nous d'en profiter dans l'espérance d'en
« recevoir bientôt la récompense, car les jours
« passent comme l'ombre et la vie n'est qu'un songe.
« Reçois, mon cher petit cœur, cette petite morale
« dictée par l'amitié paternelle, et donne moy, par
« l'effet qu'elle aura produit dans ton âme, des
« preuves que tu l'as reçue avec plaisir. Mille ten-
« dres amitiés de la part de ta bonne maman et de
« tes tantes, et compte sur tous les sentimens de
« mon cœur pour toy. »

Ce grand-père, qui se montrait si tendre et si
affectueux, mourut un an après. Il disparaissait à
temps: la Révolution l'eût probablement fait monter
sur l'échafaud, comme le ministre Lambert.

Arriva la fuite du roi ; elle fut l'occasion de la

première arrestation du père de Mlle Ancest. La
populace ayant été ameutée, elle se rendit au château de M. de Vertillac, qui fut arrêté par les agents
de la commune. On alla ensuite chez M. de Cherville, dont on se saisit également. On se dirigea en
troisième lieu vers la demeure de M. Ancest, et il fut
mis, comme les deux premiers, en état d'arrestation.
On conduisit ces trois messieurs à l'ancienne forteresse féodale de Dourdan, devenue prison. Une
foule compacte couvrait la place ; un coup de pis-
tolet fut tiré sur M. de Vertillac ; le plomb et la poudre
effleurèrent la chevelure de M. de Cherville. C'était
un assassinat qu'on voulait commettre, afin, par
l'effusion du sang, de pousser la populace à égor-
ger les prisonniers. On a remarqué que le sang, au
lieu d'apaiser , excite les instincts cruels d'une
populace ameutée ; il éteint les derniers sentiments
de la sensibilité et ceux de la pudeur : ce qui décèle
la cruauté native de l'homme livré à lui-même et
à ses passions. Aussi quelles ne furent pas les
angoisses de la famille Ancest, quoique Mme Ancest
eût été rassurée par l'un de ceux qui avaient appré-
hendé son mari au collet ! Il lui avait dit à mi-voix :
« N'ayez point d'inquiétude, nous répondons de ces
« messieurs ; nous ne voulons que calmer le peuple
« en les conduisant à la tour. »

Il se rencontra à cette époque néfaste beaucoup
d'honnêtes gens qui feignaient d'être démagogues,
afin de rendre plus facilement des services.

Les trois prisonniers étaient pour Dourdan les cautions du roi, comme s'ils eussent été les fauteurs ou le conseillers de sa fuite. Ils n'y étaient pour rien ; seulement ils l'avaient apprise avec joie. Le roi ramené de Varennes à Paris, il fallut un décret de l'Assemblée nationale pour que ces messieurs fussent relâchés. M. de Vertillac, quitta la France. Il proposa une place dans sa voiture à M. Ancest, que celui-ci n'accepta pas. Cependant M. Ancest, ne se voyant pas en sûreté à Dourdan, retourna à Paris avec sa famille : il espérait y être plus à l'abri des événements ; d'ailleurs la mort de son père l'y rappelait. Mlle Ancest devait y trouver un prêtre plus capable de comprendre sa nature et son cœur. Le logement de son père était dans le cloître Notre-Dame, du côté nord de l'église, chez un chanoine nommé Leblanc. Cet ecclésiastique sut l'histoire de la jeune fille au sujet de sa première communion ; il connut les plaintes et les inquiétudes de la mère. Mlle Ancest allait entrer dans sa 14e année. Le vieux chanoine la rassura. Il lui dit qu'il connaissait un ecclésiastique de mérite qui se chargerait volontiers de sa fille. L'ecclésiastique en question était l'ancien secrétaire particulier de l'archevêque de Paris. Il avait alors les pouvoirs de grand-vicaire, que M. de Juigné lui avait laissés en émigrant. Il se nommait Gervais. Il avait trente et quelques années : son caractère était doux, gai et aimable. Il s'occupa volontiers de l'instruction de Mlle Ancest. Il lui apprit son catéchisme et en même temps l'italien. Par ses manières gracieuses et sa douce morale il gagna le cœur de la jeune adolescente jusqu'alors indomptée ; il le forma. Il y eut entre elle et lui toute une correspondance d'instruction religieuse, moitié en français, moitié en italien. Mlle Ancest brûla les lettres de l'abbé Gervais à l'époque de la Terreur : les fréquentes visites domiciliaires qui étaient faites chez son père l'avaient effrayée, car le moindre mot d'un émigré ou d'un condamné était compromettant ; la loi des suspects vous menait à l'échafaud. Cependant les révolutionnaires respectèrent toujours la chambre de Mlle Ancest. Aussi celle-ci regretta-t-elle bien des fois dans le cours de sa vie d'avoir jeté au feu les lettres de celui à qui elle avait dû les saintes dispositions de sa première communion. Il était de plus à ses yeux un martyr : nous le verrons plus bas. Son cœur aima l'abbé Gervais, mais de cet amour ingénu où la passion n'a aucune part.

Ce fut le lundi, lendemain du dimanche du bon Pasteur, 23 avril 1792 que Mlle Ancest fit sa première communion dans la chapelle des enfants trouvés, place du cloître Notre-Dame, en secret à cause de la persécution soulevée contre les prêtres non assermentés. Dix de ceux-ci qui disaient leur messe dans la chapelle la recommandèrent à Dieu au memento. Mlle Ancest, devenue Mme Poisson, ra-

contait cette circonstance avec une certaine gloire ;
elle pensait que la prière de ces ecclésiastiques res-
tés fidèles à leur devoir avait dû lui être très utile
devant Dieu. A l'abbé Gervais du moins dut-elle
le fonds de foi et de piété qu'elle eut toute sa vie :
elle le déclarait.

Le chapelain des enfants-trouvés avait prêté serment; homme de bonne composition, il n'inquiétait
pas ses confrères, qui se gardaient, avec raison,
de communiquer avec lui. Les religieuses, sœurs de
St-Vincent-de-Paul, en faisaient autant. Elles ajou-
taient à l'égard du pauvre chapelain la malice de
leur sexe et de leur zèle orthodoxe. Elles riaient des
petits tours qu'elles lui jouaient.

La révolution marchait ; deux mois après sa première communion, Mlle Ancest fut témoin des scènes
du 20 juin. Elles furent bientôt suivies de celles du
10 août. La royauté, insultée, outragée indignement,
avait à périr ou à vaincre: elle consentit à périr;
Louis XVI, au lieu de se défendre, se rendit à
l'Assemblée, c'était mettre bas les armes, c'était se
livrer ; or les factieux sont toujours implacables
devant un pouvoir qui cède.

Cette matinée du 10 août fut encore un moment
d'alarme et de frayeur pour la famille Ancest.
Comme bon royaliste, M. Ancest se disposait à
marcher en armes au secours du roi et des Tuileries, lorsqu'on vint lui faire savoir que le faible et
infortuné Louis XVI s'était rendu dans le sein de

l'Assemblée. On annonça bientôt le massacre des
suisses; puis on débita nouvelles sur nouvelles plus
effrayantes et plus contradictoires les unes que les
autres. On vint dire qu'on cherchait les hommes,
afin de les forcer à marcher contre les Tuileries,
(ce fut une terreur panique dans tout le quartier
Notre-Dame); on avertissait de les faire cacher.
Mme Ancest, hors d'elle-même, obligea son mari à
s'enfermer dans une armoire. Il en sortit au bout
d'une heure, il y étouffait. Il ne voulut pas y rester
davantage, dût-il être massacré par les hordes d'é-
gorgeurs qui circulaient dans Paris. Mlle Ancest,
qui avait le sentiment déjà très développé, par-
tagea les angoisses et les terreurs de cette journée
qu'elle n'oublia jamais. Le matin elle devait se
rendre chez sa bonne maman et ses tantes dans la
rue Neuve-St-Roch; heureusement son père, étant
sorti de très bonne heure afin de connaître l'état des
esprits, avait vu que Paris n'était pas tranquille;
qu'un mouvement, dont il ne prévoyait pas l'issue,
se préparait; il craignit que sa fille ne se trouvât
enveloppée par le peuple qui déjà se portait vers les
Tuileries.

Le 2 septembre suivit de près le 10 août;
Mlle Ancest vit passer sous ses fenêtres la tête de la
princesse de Lamballe; une horde gorgée de vin, de
sang et de meurtres accompagnait cette tête, que l'un
de la bande portait au bout d'une pique. Mlle Ancest,
saisie d'un mouvement d'horreur détourna les yeux

afin de ne pas voir ce hideux spectacle. Cependant un coup plus violent devait être donné à son cœur. Après le 20 juin, l'abbé Gervais, inquiété comme grand-vicaire de Paris, était venu se réfugier et se cacher chez M. Ancest, sur les instances de la famille. Peu avant le 10 août, il voulut retourner chez lui : il était ennuyé de son inaction et impatient d'exercer son zèle. Il croyait avoir détourné suffisamment les regards de dessus sa personne et pensait que le danger était passé. La famille Ancest insista, surtout Mlle Ancest qui, reconnaissante envers son pieux instituteur, lui montrait le péril de retourner à sa demeure. Elle lui disait : « Vous serez « arrêté et l'on vous massacrera. » — « Eh bien, « lui répondit cet homme de dévouement, si l'on me « tue, j'irai dans le Ciel et je prierai le bon Dieu « pour vous. Du reste n'ayez point de crainte ; si « l'on vient pour m'arrêter, je suis leste, je saurai « bien me sauver. » Mlle Ancest pleurait, espérant que ses larmes feraient ce que ses paroles ne pouvaient faire. Fortement impressionnée de tant de scènes révolutionnaires, ses prévisions étaient sombres, de plus elles étaient justes. L'abbé Gervais n'écouta rien. Revenu à son domicile, il y fut arrêté quelques jours après le 10 août sur la dénonciation de son perruquier. Il fut incarcéré dans l'abbaye de St-Germain des Prés. Le lendemain des massacres du 2 septembre, sur les sept heures du matin, M. Ancest reçut d'un savoyard,

à qui une main inconnue l'avait remis, un petit billet où les mots suivants étaient écrits au crayon :
« Vous m'avez montré de l'intérêt, vous pouvez en
« ce moment me rendre un grand service, il en est
« encore temps. J'ai échappé au massacre ; on
« m'a dit que si quelqu'un venait me réclamer, on
« accorderait mon élargissement. Si vous n'êtes
« pas trop effrayé, venez; vous pouvez me sauver.
« Ce sera la plus grande preuve d'amitié que vous
« puissiez me donner. » M. Ancest reconnut l'écriture de l'abbé Gervais. Au reçu de ce billet il partit au risque d'être lui-même arrêté et massacré. Il arrive à l'abbaye, le sang ruisselait de toutes parts ; il enjambe par-dessus des cadavres et des hommes ivres morts, il parvient jusqu'au comité, il demande résolument l'élargissement de l'abbé Gervais. On lui répond qu'il lui sera accordé, pourvu qu'il ait un homme de sa section qui le réclame avec lui. M. Ancest chercha parmi ceux qui étaient présents; nul ne voulut partager cette dangereuse responsabilité. Cependant s'il eût eu sur lui six cents francs, il déterminait un de ces égorgeurs à s'adjoindre à sa demande. Il retourna désespéré chez lui, afin de se munir des six cents francs nécessaires. Dans l'intervalle, on emmena l'abbé Gervais avec deux ou trois autres ecclésiastiques sur la place de Grève. Là on leur demanda de nouveau le serment; sur leur refus, on les massacra. M. Ancest, retourné à l'Abbaye, apprit cette triste nouvelle. Il espéra

quelque temps que l'abbé Gervais avait peut-être
échappé au massacre et qu'il n'était pas du nombre
des ecclésiastiques qui avaient été menés sur la
place de Grève, car on ignorait leur nom; mais les
boucles de souliers de l'abbé Gervais retrouvées sur
cette place ne laissèrent plus aucun doute qu'il
n'eût péri victime de la fureur populaire. M. Ancest
regretta vivement que cet abbé n'ait pas su son
généreux dévouement et qu'il soit probablement
mort avec la pensée que, par une peureuse timidité,
par insensibilité même, on l'avait abandonné au
moment du péril et lorsqu'il s'agissait de lui sauver la vie. Joindre la pensée de l'ingratitude à l'effroi du massacre, ce dut être un double martyre
pour l'abbé Gervais. Dieu, dans ses impénétrables
desseins, n'épargne parfois aucune douleur.

Mlle Ancest, à cette nouvelle, pleura en abondance. Le vieux abbé Leblanc aima ces larmes.
« Laissez la pleurer, disait-il à la mère; cette tendresse d'âme fait l'éloge de son cœur. » Mlle Ancest
garda un précieux souvenir de l'abbé Gervais; elle
aimait à en parler. Elle nourrissait dans son âme la
conviction qu'elle avait en lui un puissant protecteur au ciel : elle n'oubliait pas la promesse faite
peu avant le 10 août, « je prierai le bon Dieu pour
vous. » C'est dans le sein de Dieu qu'elle espérait
le revoir. Lorsqu'elle rencontrait des ecclésiastiques joignant à la piété l'aménité et la douceur du
caractère, elle ne manquait pas de dire : « C'est ainsi

qu'était l'abbé Gervais. Ni l'âge ni le temps ne l'effacèrent de son cœur. Elle lui devait, déclarait-elle, ses principes religieux : car il lui avait rendu la vertu aimable, tandis que l'abbé Charpentier, qu'elle vénérait, la lui avait montrée austère et en avait éloigné son cœur par sa rigidité. Ce n'était pas à son intelligence qu'il fallait parler, elle n'en manquait pourtant pas, c'était à son cœur et à son imagination, deux choses qui chez elle se touchaient ; et souvent l'imagination conduisait le cœur, sans cependant jamais l'égarer. Ceci vint de sa bonne éducation, de la solidité de ses principes, de la rectitude de son jugement.

Voici un autre exemple de son imagination et de son cœur. Au 10 août, lorsque la famille royale fut transportée au Temple, elle eut un instant l'idée de s'enfuir de la demeure paternelle et d'aller s'offrir pour servir madame Royale (la duchesse d'Angoulême). La princesse était de son âge à un mois de distance : cette circonstance lui en rendait le sort plus intéressant. Elle avait son thème tout fait ; elle ne mettait pas en douté qu'à son langage les agents de la commune accueilleraient volontiers sa proposition et sa prière. Elle jugeait ces municipaux d'après son cœur, elle les pensait capables de comprendre le dévouement : mais ces soi-disants républicains n'avaient dans l'âme que la férocité et la haine. Elle parla de son projet à son père, qui l'en détourna comme d'une folie de jeune fille. Cependant elle ne cessa de s'occuper de madame Royale: c'était, parmi les prisonniers du Temple, celle pour laquelle ses émotions étaient plus vives; elle jugeait d'après son cœur ce que le cœur de la princesse devait éprouver de souffrance morale. Elle se plaisait à en parler, et elle demandait qu'on lui en parlât.

Après les massacres du 2 septembre, M. Ancest, ne se croyant plus en sûreté à Paris, où l'on faisait des recherches, se retira une seconde fois à Dourdan. Le règne de la Terreur arriva, il fut arrêté et conduit aux Récolets de Versailles, monastère devenu maison de détention. Tout fut mis chez lui en séquestre et sous scellé, même le vin. Le tonnelier, brave homme et très peu révolutionnaire, dit à Mme Ancest de ne point s'inquiéter de ceci. Il perça le poinçon par derrière, y mit un fausset, et, malgré scellé et séquestre, il fournit du vin à la famille. Le tonneau fut ainsi vidé en grande partie. Les honnêtes gens du peuple se conduisaient avec un dévouement tout à fait remarquable. Il y a en cela une véritable grandeur d'âme, parce qu'il y a l'impulsion de la conscience et la générosité du cœur. Voici un autre fait que je me plais à relater. Lors de son arrestation, M. Ancest, avant d'ouvrir sa porte aux sommations qui lui étaient faites par les municipaux, brûla beaucoup de papiers importants qui auraient pu compromettre des tiers; mais l'odeur de ces papiers brûlés était très propre à le trahir; la do-

mestique trouva aussitôt un expédient, elle jeta
dans le feu des mcrceaux de vieux linge destinés à
nettoyer les chandeliers. *Attendez*, disait-elle à
ses maîtres, *je vais joliment les dérouter*. L'opé-
ration faite, lorsque les municipaux menaçaient
d'enfoncer la porte, M. Ancest ouvrit, et, malgré
les recherches les plus minutieuses, les agents de
la commune ne trouvèrent rien qui pût leur servir
de base à une accusation devant le tribunal révolutionnaire. Aussi le procès-verbal d'arrestation
portait-il, comme M. Ancest le sut plus tard, sus-
pecté d'être suspect. Ceci pourtant l'eût fait monter
à l'échafaud, sans la mort de Robespierre. Ceux
qui étaient venus l'arrêter étaient de la lie du peuple. La plupart ne savaient pas lire; en ouvrant et
en examinant les livres, ils les tenaient souvent à
rebours, sans se douter de leur bévue et de leur
ignare maladresse. Ils laissèrent Mme Ancest évanouie sur le seuil de sa porte et demi-vêtue, la tête
égarée, elle courait après son mari qu'on entraînait.
Une femme d'un des membres du comité révolutionnaire eut pitié d'elle, et, sans consulter si elle se
compromettait, sauta par-dessus ses fenêtres et
vint lui porter secours. La dernière parole que cette
tourbe avait adressée à Mme Ancest inquiète du sort
de son mari fut celle-ci: *ton mari, il sera guillo-
tiné*. Une femme perdrait la tête et s'évanouirait à
moins. Les féroces sentiments de 93 sont en ce peu
de mots.

2

On dévasta l'église de Dourdan. Elle fut trans-
formée en salle de danse. Le jour même on fit une
invitation pour un bal. Plusieurs personnes y as-
sistèrent par peur. Mlle Ancest n'y fut point invitée,
par oubli ou pour tout autre motif, elle l'ignora,
mais sa réponse était toute prête, elle eût dit :
« Citoyens, on ne danse pas quand on a son père
en prison ». Elle n'assista jamais à aucune fête
patriotique. Des demoiselles nobles de sa connaissance ne l'imitèrent point ; la peur leur fit commettre quelques lâchetés. Elle reçut une fois une invitation, à laquelle on ajouta ce reproche : « citoyenne,
on ne te voit à aucune fête, tu n'es donc pas patriote ; » sa réponse fut celle dont j'ai parlé plus
haut : « mon père est en prison ». On ne s'avisa
plus de l'engager.

A la douleur de l'arrestation et du séquestre vint
s'adjoindre pour la famille Ancest la maladie, au
printemps de 1794, les fièvres malignes, qui ré-
gnaient à Dourdan, attaquèrent la mère, le frère
et la sœur de Mlle Ancest. Son père, toujours en
prison, devait être conduit au tribunal révolutionnaire, cela équivalait à un arrêt de mort ; en donnant une forte somme d'argent au geôlier, il
retarda de quelques jours son départ : car c'est
ainsi qu'il fallait défendre sa vie en ce temps de
terreur. Ce sursis le sauva de la guillotine. Le
geôlier, après avoir, à force de lenteur et d'adresse,
reculé de quinze jours le départ de M. Ancest, se

voyait contraint de le porter enfin sur la liste des
détenus qui devaient être envoyés au tribunal révolutionnaire, lorsque la veille ou l'avant-veille
Robespierre fut renversé. Le geôlier lui avait dit:
« Je ne puis plus vous garder sans me compromettre; d'ailleurs ; je ne vous sauverais pas, et je
me perdrais : il faut vous décider à partir »
Cruelles paroles, qu'il coûtait à cet homme de prononcer, on aime à le croire ; cruelles paroles pour
celui qui les entendait, car elles annonçaient à un
père de famille l'échafaud et ses horreurs. La tête
de Robespierre étant tombée, la face des affaires
changea. M. Ancest n'avait plus à craindre, pour
le moment, d'être envoyé au tribunal révolutionnaire, mais il n'était pas en liberté; sous les verroux il restait toujours au pied de l'échafaud dans
cette anarchie des partis et du gouvernement. Aussi
Mme Ancest ne négligea pas de profiter de la favorable circonstance, elle se mit tout de suite en
mesure d'obtenir la sortie de prison de son mari.
Les membres de la commune s'y prêtèrent, ils donnèrent un visa convenable au bas de la requête. Il
fallait présenter ce placet au représentant du peuple, qui seul pouvait accorder la mise en liberté.
Mme Ancest n'était pas encore bien rétablie de sa
fièvre putride ; d'ailleurs, sa jeune fille était sur la
paillasse, elle venait de succomber à cette maladie;
son fils, attaqué par la même fièvre, était sans
connaissance, sa fille aînée seule était valide ; qui

envoyer ? Cette dernière sans doute. Mais était-i
prudent d'exposer ainsi une jeune fille qui n'ava
pas encore atteint ses seize ans, de l'exposer au
périls d'un comité révolutionnaire et aux danger
d'un voyage où il fallait courir après le représentant du peuple ? L'affreuse position de M᷊ᵐᵉ Ances
lui fit forcément prendre ce parti. Une femme d
peuple vint encore apporter son dévouement. C'étai
une beurrière, femme déterminée et royaliste,
pleine d'honnêteté et sous les dehors les plus rudes.
Elle se nommait la Bougardière. Un petit cheval
blanc gris-pommelé et une charrette couverte d'un
gros drap de toile composaient tout son bien : elle
n'en était pas plus triste ; elle avait belle humeur.
M᷊ˡˡᵉ Ancest fut confiée à sa loyauté ; sa mère la
recommanda d'une manière spéciale à cette femme.
« N'ayez pas d'inquiétude, dit l'alerte beurrière, il
« n'arrivera rien à votre fille, j'en réponds ; rap-
« portez-vous en à la Bougardière. » M᷊ᵐᵉ Ancest
se décida donc à laisser partir la jeune personne.
La voiture avait été louée pour M᷊ˡˡᵉ Ancest seule,
mais elle voulut bien la partager avec M᷊ˡˡᵉˢ de Perdiguier, qui allaient pareillement réclamer la sortie
de leur père, et avec une ancienne religieuse,
M᷊ˡˡᵉ Audoin, dont la mère avait été arrêtée pour
avoir caché son porc contrairement à la loi du maximum. M᷊ˡˡᵉˢ de Perdiguier étaient des précieuses
qui ne pouvaient aller sur le pavé, parce que cela
leur disloquait les membres ; M᷊ˡˡᵉ Ancest, à qui la

voiture appartenait à titre de location, ne pouvait
aller sur terre, car cela lui provoquait des maux
de cœur : néanmoins il fallut qu'elle cédât à ces demoiselles, qui lui furent un embarras pendant toute
la route. Mlle Audouin, nouvellement rentrée dans
le monde, avait toutes les allures et toutes les gau-
cheries du couvent, racontait Mlle Ancest, devenue
Mme Poisson. L'ampleur de ses jupons tenait la
voiture dans toute sa largeur : sainte fille qui n'o-
sait remuer et qui était d'une extrême maladresse.
On l'avait fait mettre sur le devant afin de cacher
un peu le fond de la voiture. La Bougardière s'était
placée en dehors, un pied sur un brancard, un pied
sur l'autre, fouettant son cheval, tempêtant, em-
ployant force gros mots, jurant, faisant grand
bruit, afin de détourner les soupçons des passants,
car le régime de la terreur existait encore. Il fallait
aller rejoindre à Corbeil le représentant Crassous ;
à l'entrée d'Arpajon, le modeste équipage est arrêté ; on signifie à la Bougardière qu'elle ne passera pas outre pour cause d'incivisme : elle n'avait
pas de cocarde à sa coiffure. Elle ne l'ignorait
pas ; mais il était nécessaire de payer d'audace ;
alors, énergique citoyenne, elle se mit à brailler
de tous ses poumons: « Comment, gueux, comment
coquin, je ne passerai pas ? — Non, citoyenne ; car
tu n'as pas de cocarde. — Je n'ai pas de cocarde ?
Je n'ai pas de cocarde ? Je te dis, scélérat, Jean-
Foutre, que j'en ai une. — Tu n'en as pas. Après

la plus violente décharge de gros mots, la citoyenne met comme par hasard la main à son bonnet : tiens, dit-elle, c'est singulier, il faut qu'elle soit tombée en chemin. Citoyen, il n'y a plus que l'épingle ; » et elle en détache une au même instant. L'individu qui, durant tout ce colloque, avait tenu la bride du cheval la lâcha alors, et la Bougardière, sans perdre de temps, ni la tête, lance, sans plus de raisons, un bon coup de fouet à son cheval et le fait partir au galop, criant encore, et riant ensuite d'avoir mis dedans le patriote.

Nos voyageuses, parties à quatre heures du matin, arrivèrent à dix heures à Corbeil, sans nouvel encombre. Après avoir pris un léger rafraîchissement, elles se rendirent à l'audience du représentant, au comité révolutionnaire. Mlles de Perdiguier avaient, tout le long de la route, murmuré contre Mme Ancest d'avoir envoyé un enfant pour une démarche si délicate. « Ma chère, disaient-elles à la « jeune personne, vous ne serez pas écoutée, et « vous serez cause que nous ne le serons pas da- « vantage. » Intérêt personnel. Mlle Ancest qui ne se considérait pas comme une enfant, était piquée, prenait une attitude de grande personne. Mlles de Perdiguier lui recommandaient surtout de ne pas passer avant elles, tant elles étaient persuadées que cette jeune fille aurait un refus et le ferait essuyer à celles qui la suivraient.

Le comité révolutionnaire avait de quoi effrayer

et de quoi déconcerter une jeune personne qui
n'était pas encore sortie de dessous les regards de
sa mère. Crassous était un très bel homme ; en
cette circonstance il avait le regard énergique et
dur. Le bonnet phrygien posé sur le coin de l'o-
reille, débraillé, sans veste, une cravate rouge
pendant de son cou, les manches de sa chemise
retroussées jusqu'au coude, la culotte déboutonnée
aux genoux, il se tenait une main dans la poche et la
tête appuyée sur l'autre en vrai révolutionnaire de
l'époque. Ceux qui l'environnaient n'avaient pas
meilleure allure ; leur façon et leur tenue étaient
les mêmes. Tel était le genre sans-culotte. Ceux
qui l'affectaient étaient des gens immoraux et
sanguinaires, ayant le sens perdu par d'absurdes
idées dites philosophiques et par un républicanisme
insensé. La plupart sans conviction aucune cher-
chaient la satisfaction d'appétits grossiers et de
vils intérêts. Quoi qu'on en ait dit, les hommes de
93 n'avaient rien d'honnête ; on ne peut leur accorder que des sentiments énergiques, mais sanguinaires, âmes ardentes, en même temps perver-
ses. L'histoire leur doit une éternelle réprobation,
et les gens de cœur un profond dégoût.

La première qui s'avança devant le Comité de
Corbeil, tel que nous l'avons dépeint, fut Mlle Audouin avec l'air emprunté d'une nonne hors de son
cloître. La réponse ne fut pas agréable. « Ta mère,
lui dit Crassous, elle sera guillotinée, c'est une

vieille aristocrate. » La pauvre fille fut terrifiée,
mais elle ne désespéra pas. En effet, elle obtint
dans une seconde visite l'objet de sa demande.
Crassous en ce moment jouait au révolutionnaire
impitoyable afin de mieux arriver à son but, celui
d'ouvrir les prisons à un plus grand nombre d'in-
carcérés. Mlles de Perdiguier, tremblantes, auraient
bien voulu céder le pas à Mlle Ancest, qui, docile
jusqu'alors, ne le fut point cette fois; elle les laissa
passer. Crassous leur dit pour toute réponse :
« Vous viendrez me trouver à Versailles. » Les
pauvres demoiselles eurent beau solliciter, il ne se
départit pas de sa première réponse. Vint le tour
de Mlle Ancest, elle présenta timidement son placet. « Citoyenne, tu es bien gentille, tu viendras ce
soir à quatre heures chez moi. » Tel était le laco-
nisme des puissants de l'époque. Mlle Ancest, sans
expérience, s'en alla le cœur plein d'espoir et de
joie ; elle pensait que, le représentant du peuple lui
ayant dit de revenir, il voulait lui donner la sortie
de son père. Mlles de Perdiguier, personnes de 24
et de 26 ans, en conséquence plus mûres, étaient
justement alarmées de ce rendez-vous ; elles ob-
servèrent à Mlle Ancest qu'elle courait le plus grand
danger ; elles l'engagèrent à ne point aller chez le
représentant. Le salut de son père pour cette jeune
fille, qui d'ailleurs ne se rendait pas compte des
craintes de ses compagnes de voyage, lui fit braver
tout ; à ses yeux le sage conseil de Mlles de Perdi-

guier était le conseil de craintives soupçonneuses.
Dans son âge mûr, elle comprit le danger auquel
elle avait été exposée ; elle reconnaissait la main
de Dieu qui l'avait protégée, sans doute à cause de
son généreux dévouement et de l'innocence de son
cœur. La pensée de son père détenu l'occupait
seule. Cependant elle ne méprisa pas l'avis de ses
compagnes de voyage, elle pria la Bougardière de
l'accompagner, lui recommanda de ne pas la quitter un seul instant. A quatre heures, l'une et l'autre
étaient à l'auberge où Crassous était descendu. In-
troduite de compagnie avec la Bougardière, Crassous lui remit un papier, en lui disant : « Tiens,
voilà la sortie de ton père. Tu iras la faire signer
au Comité et ensuite à Versailles. » Mlle Ancest,
pleine de bonheur, remercia poliment le représentant. La Bougardière, à qui la langue ne manquait
pas, fit ses remerciments à sa manière, c'est-à-dire
avec force exclamations, en vraie femme de la
Halle. Munie de ce précieux laisser-aller, Mlle Ancest se rendit aussitôt au Comité, dont les membres
donnèrent leur signature. Mlle Ancest embrassa
chacun d'eux, formalité indispensable en ce temps :
c'était le signe de la fraternité, comme le tutoie-
ment était celui de l'égalité.

Mlle Ancest n'avait plus que faire à Corbeil, son
cœur et son devoir l'appelaient ailleurs. De sombres nuages s'amoncelaient au couchant, on était
au mois d'août, la journée avait été étouffante, un

violent orage menaçait, Mlles de Perdiguier auraient
voulu passer la nuit à Corbeil, ne jugeant pas prudent de se mettre en route à la nuit, surtout dans
l'ctat de l'atmosphère ; mais Mlle Ancest ne voulait
aucun retard : le plus petit lui eût semblé un man-
quement au devoir de la piété filiale, car, pensait-
elle, chaque instant perdu était autant de moments
ajoutés aux angoisses de son père. La Bougardière
était également d'avis qu'on ménageât son cheval.
Cependant, femme de sentiment et de cœur sous
une écorce grossière, elle consentit à aller coucher
à Antony, afin de faire plaisir à Mlle Ancest et de
pouvoir arriver le lendemain de meilleure heure à
Versailles. Il fallait ce détour par les chemins de
traverse, parce que, Mlles de Perdiguier étant nobles, il leur était défendu d'entrer dans Paris. Ces
prudes furent tout le long de la route un inconvénient pour Mlle Ancest, qui cependant les avait
obligées en leur donnant place dans sa voiture.

Au sortir de Corbeil, le modeste équipage fut
bientôt dépassé par le carrosse à quatre chevaux
du représentant Crassous. Les postillons faisaient
claquer leur fouet avec force ; les chevaux étaient
lancés au galop, un nuage de poussière enveloppa
la charette de nos voyageuses. La Bougardière, à la
vue du représentant, se mit en verve de cris. Ce
fut Robespierre qui fit les frais de ses virulentes
apostrophes. Elle aussi faisait claquer son fouet, le
faisait sentir à son cheval essoufflé ; elle criait à

cette pauvre bête : « Aïe donc, bougre de Robespierre, aïe donc ; aïe donc, mâtin, animal de Robespierre. » Cet homme de sang était tombé, elle l'insultait, manière de faire sa cour à la nouvelle phase de la Révolution.

Crassous laissa bientôt derrière lui l'haridelle et l'évertuée qui la conduisait. Cependant les nuages de l'horizon montaient; la nuit, la foudre, les éclairs enveloppèrent vite la petite voiture. L'eau tombait à torrents. Nos voyageuses, dans les chemins de traverse, allaient au hasard, plus mortes que vives de frayeur. La bonne demoiselle Audouin faisait un grand signe de croix à chaque éclair, à chaque roulement de tonnerre. Le cheval refusait le service ; la Bougardière, malgré toute son énergie de femme de la Halle, commençait à s'épouvanter. Mlles de Perdiguier déchargeaient leur mauvaise humeur sur leur jeune compagne, qui par son entêtement, disaient-elles, était la cause de ce qui arrivait. Mlle Ancest avouait en elle-même son tort, mais tenait tête, ne voulant pas céder à des murmures qui lui déplaisaient. Enfin ons aperçoit dan le lointain une faible lumière : « c'est Antony, dit la Bougardière, allons, courage. » Elle donne en même temps un bon coup de fouet à son cheval épuisé. Cette femme du peuple comprenait la position de Mlle Ancest, elle mettait du zèle et du cœur. On arriva aux premières maisons d'Antony ; il était onze heures du soir. On s'enquit à des rou-

liers qui passaient si c'était bien ce village. Sur
leur réponse affirmative, on frappa à la première
auberge qu'on rencontra. L'obscurité était profonde,
le silence l'était de même, la pluie avait cessé ; on
refusa d'ouvrir. Il en fut ainsi à d'autres auberges.
On craignait de se compromettre ; on craignait de
plus les perquisitions, à cause du maximum. Nos
voyageuses, mouillées jusqu'aux os et affamées, se
voyaient au moment de rester sur la route. Que
devenir? Elles essaient une dernière tentative, elles
heurtent à coups redoublés à la porte d'une auberge de rouliers : nouveau refus. Mais les maîtres
du lieu étaient des parents de Mlle Audouin ; celle-
ci se fait connaître, on ouvre la porte. On allume
un grand feu, les voyageuses se réchauffent et se
font sécher. C'était un vendredi, premier août, une
soupe au lait et une omelette firent le souper. On
avait préparé dans une chambre haute deux lits,
l'un pour Mlle Ancest, l'autre pour Mlles de Perdiguier : celles-ci ne voulurent jamais consentir à
coucher ensemble, il fallut que Mlle Ancest couchât
dans la chambre de la Bougardière, à côté d'une
autre chambre où six rouliers ronflaient à qui
mieux mieux. Une simple porte à loquet les
séparait de la chambre occupée par la Bougardière
et par Mlle Ancest. Dès quatre heures du matin
celle-ci fut sur pied, très mécontente de Mlles de
Perdiguier qui la traitaient trop en petite fille et qui
semblaient de vieilles filles à ses yeux de seize ans.

La matinée était fraîche, comme le lendemain d'un jour d'orage; on partit. On arriva enfin à Versailles ; mais, en descendant de voiture, Mlle Ancest, épuisée de fatigue et d'émotions, perdit connaissance. Mlles de Perdiguier s'empressèrent près d'elle et prirent dans sa poche le papier qui contenait la levée d'écrou de son père. Elles le firent viser avec la sortie de leur père, qu'elles obtinrent à Versailles. Elles allèrent annoncer à M. Ancest qu'il était libre ; que sa plus jeune fille était morte; que son fils était mourant, et que sa fille aînée était sans connaissance à l'hôtel : heureuse nouvelle mêlée ainsi de beaucoup de larmes. M· Ancest se hâta de se rendre auprès de sa fille. Il prit immédiatement des chevaux de poste et fit faire route pour Dourdan. Mlle Ancest évanouie ne recouvra connaissance que dans cette ville en descendant de voiture, n'ayant mémoire aucune de tout ce qui s'était passé autour d'elle depuis son arrivée à Versailles. Les émotions avaient été trop fortes, la nature n'avait pu résister, elle avait succombé. Aussi le tempérament de Mlle Ancest s'en ressentit-il, le système nerveux devint chez elle très irritable. Le même effet fut produit sur celui de sa mère par la continuité des émotions et des chagrins.

C'est à cette époque que Mme Ancest, relevant de maladie, incertaine de l'avenir, craignant une mort prématurée, écrivit pour sa fille devenue son unique enfant les avis que nous allons mettre sous les

yeux du lecteur. Ils sont simples au rapport de la
pensée et du style, mais ils annoncent la tendresse
d'une mère et l'expérience d'une femme sage.
Mme Ancest avait alors de 37 à 38 ans.

« Ma fille, revenue d'une maladie aiguë, qui peut
me donner encore des années sur la terre, mais
étant délicate de tempérament, je ne sais, si je venais à éprouver de nouveaux chagrins, si je pourrais les soutenir. J'espère que Dieu me conservera
pour mon mari que j'aime tendrement, et deux enfants qui me sont chers et à qui je suis nécessaire.

« Vous êtes, ma fille, ma fille unique ; combien
vous m'êtes précieuse ! Vous êtes à un âge bien
tendre, où vous avez besoin d'un guide fidèle et d'une
amie sincère. Oh ! ma fille, ne vous y trompez pas,
les jeunes personnes de votre âge, telles vertueuses
qu'elles soient, ne peuvent vous donner l'expérience
que l'âge doit donner et cette tendresse d'une mère
qui veut éviter à sa fille la moindre des fautes. Suivez mes réflexions, elles sont dictées par la tendresse. Les filles naissent avec un violent désir de
plaire et de suivre les modes. Vous savez tout ce
que la morale chrétienne permet et défend. Il faut
calculer ses moyens et la réserve que l'on doit aux
pauvres. C'est ordinairement le défaut de votre âge
qui vous ferait faire de grandes fautes ; s'il n'est
modéré, l'esprit occupé aux frivolités nous fait oublier nos principaux devoirs. Il est des choses permises à votre âge ; je ne veux pas vous dégoûter

de la vertu, en vous la rendant trop sévère. Inspirez, ma fille, du respect pour vous par une mise décente et honnête. Soyez réservée dans vos paroles et vos actions; ayez un air gracieux vis-à-vis de tout le monde; dans vos conversations, beaucoup de charité pour le prochain. Evitez la médisance. La calomnie ne peut être dans votre cœur. Prenez le parti des absents, ou gardez le silence. Un coup de langue est pire qu'un coup de lance. Que la vérité soit toujours dans vos paroles. Aimez ceux qui vous reprennent : à votre âge on ne peut être sans défaut. Préparez-vous une vieillesse heureuse par une jeunesse innocente, exempte de tout reproche. Eloignez de vous toute espèce de compliments que les hommes prodiguent aux belles et aux laides, et dont les femmes sont toujours dupes. Que la candeur et la modestie soient votre ornement. Ne permettez jamais ce qui est contraire à la pudeur; l'honneur d'une fille est une perle précieuse que l'on ne peut jamais retrouver; il faut donc veiller sur ses pas et ses démarches, pour qu'on ne puisse jamais y porter atteinte. Il ne suffit pas de ne pas faire le mal, il ne faut pas même le donner à penser. Que ces réflexions vous suivent dans tous les âges de la vie.

«Vous commencez le printemps de vos jours, profitez-en, ma fille, par de bonnes lectures qui nourrissent le cœur et l'âme. Evitez les romans. Je ne les condamne pas tous, mais en général ils corrompent le cœur et gâtent l'esprit. La piété ne peut s'allier avec les romans. L'histoire est nécessaire. Elle élève l'âme et donne du caractère. Elle fait naître la vertu et haïr le vice.

« La jeunesse est le plus dangereux de tous les âges; le temps où l'on a le plus besoin de réflexions, et celui où l'on en fait le moins. C'est, pour ainsi dire, une ivresse continuelle et la fièvre de la raison. On a à votre âge des passions qui commencent à se faire sentir. On est avide de plaisirs. On aime la danse, le spectacle. Pour la danse, elle peut être permise quand vous serez réunie avec des personnes honnêtes, connues par leurs mœurs et dont les parents surveillent les jeunes gens avec qui vous vous trouverez. Pour les bals parés, le monde les permet, mais la morale chrétienne s'y oppose : ces parures recherchées, et par là criminelles, sont-elles permises à une chrétienne ? Pour le spectacle, il est absolument défendu. Le monde cherche à combattre tous ceux qui s'y opposent ; la religion ne le permet point. Je vous le demande, ma fille, est-il permis d'aller dans un endroit où toutes les passions sont flattées et réunies, et souvent où l'on représente des pièces contraires à la pudeur ? Il y a des pièces de morale, je le sais : je ne m'étends pas davantage en réflexions ; on ne peut approcher d'un grand feu sans en ressentir des étincelles ; on ne peut jouir d'un plaisir défendu. La promenade, différents jeux d'exercice et autres sont bien per-

mis; un arc ne peut être toujours bandé, la récréa-
tion est une chose nécessaire, principalement à
votre âge. L'entretien des jeunes personnes vous
est permis, pourvu qu'elles ne soient pas livrées à
elles-mêmes. La jeunesse conduite par elle-même
ne calcule pas le danger qu'elle peut trouver dans
ses pas et ses démarches, à moins qu'elle ne soit
d'une vertu prématurée. Ayez de la déférence pour
les personnes âgées ; respectez-les. Après avoir
joui des plaisirs honnêtes, que votre principale étude
soit celle de cette religion sainte dans laquelle vous
avez été élevée. Nous avons une âme à sauver, ne
l'oubliez jamais. Nos jours passent comme l'ombre ;
vous ête la rose du matin qui, au coucher du soleil,
est déjà flétrie. Votre be.'e jeunesse passera comme
un beau jour : pénétrez-vous de l'amour de vos devoirs et des vertus chrétiennes qui peuvent seules
vous rendre heureuse. Détachez-vous de vous-même.
Soyez douce et patiente. La douceur est l'apanage
des femmes. Evitez la colère, qui tue le corps et
l'âme. Rendez la vie douce à ceux avec qui vous
vivez. Evitez l'humeur, elle nous fait faire bien des
fautes. N'ayez jamais des respects humains pour
vos devoirs de chrétienne. Je les ai gravés en vous
dès votre plus tendre jeunesse. Oui, ma fille, il n'y
a que la religion seule qui puisse mettre un frein à
nos passions. Elle est notre soutien et notre consolation. Elle le fut dans mes chagrins. Je ne vous
ferai pas le détail de ce qu'elle vous impose et du

culte que vous lui devez. Vous eutes, pour vous les
enseigner, un homme du dernier mérite, qui doit
être cher à votre mémoire. Inspirez la piété par vos
mœurs. Soyez modérée dans toutes vos actions.
Que votre piété soit plus dans votre cœur que sur
vos lèvres. Dans vos conversations parlez peu de
vous-même. Que vos actions soient connues plus
de Dieu que des hommes. Que l'humilité vous ac-
compagne.

« N'oubliez pas que le monde est un juge sévère,
quoiqu'il permette tout en apparence. Le plus vi-
cieux dans le monde rendra hommage à la vertu.
Il ne faut jamais scandaliser, ni donner lieu au
scandale par des actions qui ne seraient pas réflé-
chies, comme des plaisirs permis dans un temps,
défendus dans un autre. De notre conduite dépend
notre bonheur, dépend notre réputation.

« Dans le commerce de la vie, tâchez de connaître
les personnes avec qui vous vous livrez. Défiez-vous
des hommes en général. Il y en a de vertueux dans
tous les états, qui méritent l'estime et la vénération.
Pour les femmes, et surtout les jeunes, je ne puis
vous dissimuler qu'il faut bien les connaître avant
de se lier avec elles. Il en est qui, par leur peu de
réflexion, leurs démarches indiscrètes seraient capables de vous perdre et de vous détourner du chemin de la vertu. Cependant il y en a de vertueuses
dans tous les âges. Celles-ci ne sont pas communément répandues dans le grand monde, où il y a

bien des dangers à courir, à moins qu'elles n'y soient
appelées par état. Je vous le répète, ma fille, si je
venais à vous quitter jeune, ne vous liez pas avec
une femme sans bien la connaître. Il y en a beaucoup dont l'esprit n'est rempli que de modes, de lé-
gèretés et de bagatelles, et de plaisirs toujours re-
nouvelés sans calculer les devoirs que chaque état
impose. A votre âge on est souvent emporté par le
plaisir. Ah ! ma fille, qu'une femme qui n'a connu
que ses plaisirs et le désir de plaire au monde trou-
vera un grand vide dans son âge avancé ! Que de
reproches elle aura à se faire ! Il y a des femmes
qui méritent votre estime et votre amitié, je ne vous
les désigne point : elles ont été dans tous les âges
le modèle des femmes vertueuses. Elles sont au-dessus de votre âge, il est vrai; elles vous aiment, elles
vous en ont donné des marques, et votre cœur est
fait pour la reconnaissance, j'en suis garante.

   «Vous avez pour père un homme exempt de toutes passions. *Il est bon père, bon mari, bon ami :*
ces paroles vous furent dites à l'âge de douze ans
par un de ses amis qui l'a connu depuis l'enfance :
n'attristez jamais ses jours par aucune action qui
puisse lui déplaire. Aimez-le d'une amitié tendre,
respectueuse. Imitez-le. Ayez l'âme bienfaisante et
généreuse quand vous le pourrez, sans attendre la
reconnaissance, et consolez l'affligé. Soyez indulgente envers vos amies. N'oubliez pas que personne
n'est exempt de défaut, qu'il s'en faut passer dans

la société. Ne dites pas toujours ce que vous pen-
sez. Ne soyez jamais piquante dans vos paroles, et
ne vous amusez jamais de personne : rarement en
faisant rire, se fait-on estimer. Dites à vos amies
avec modération ce qui vous fait peine. Pardonnez
à vos ennemis, si vous en avez jamais. L'amitié, ce
sentiment si pur qui part de notre âme, que vous
éprouverez, doit avoir pour base la vertu. Le respect et l'estime sont toujours à sa suite. Jonathas
aimait David pour ses vertus, son amitié était pure
et sincère. Ils furent obligés de se séparer l'un de
l'autre, en se séparant ils se jurèrent une amitié
éternelle et répandirent beaucoup de larmes. Jonathas donna à David son épée, son arc et son bau-
drier, pour être le gage de son amitié. L'amitié
est de tous les âges. Elle est due aux cœurs sensibles qui savent apprécier le vrai mérite. Vous en
verrez différents traits dans l'histoire ancienne et
moderne. La liaison avec des personnes vertueuses
nous rend communément vertueux.

« Une dernière réflexion. Evitez l'oisiveté, qui est
la source de tous les vices. Ayez beaucoup d'ordre
et d'arrangement dans ce qui vous concerne. Une
femme est faite pour entrer dans tous les menus détails du ménage; elle n'est jamais humiliée de mettre la main à tout, quand cela est nécessaire. Ne
faites jamais de dépense superflue sans avoir compté
avec vous-même et si cela se peut, car il ne faut
jamais devoir quand cela dépend de nous. La dîme

de notre fortune appartient à l'indigent. C'est un précepte naturel dicté par le Créateur. On peut perdre sa fortune, nous l'avons éprouvé. Dieu nous l'a donnée, Dieu nous l'a ôtée, que sa volonté s'accomplisse. Ne laissons jamais affaiblir notre âme par l'excès du malheur. On ne connaît jamais la vraie piété que quand elle est éprouvée. Dieu n'abandonne jamais ceux qui l'aiment.

« Je vous ai fait connaître en abrégé ce qui peut faire votre bonheur. Ma fille, j'eus le bonheur de connaître des personnes de mérite qui m'aidèrent de leurs conseils et d'entrer dans une famille vertueuse après avoir quitté la mienne. Si vous êtes née pour le mariage, je vous en dirai les obligations.

« Gravez en caractères ineffaçables en votre âme tout ce que mon cœur vous désire. Toutes mes réflexions sont dictées par la plus tendre des mères, qui n'a d'autre désir que de vous voir heureuse. Vous ne pouvez l'être qu'en pratiquant la vertu. »

Mlle Ancest conserva précieusement l'écrit et les avis de sa mère. Il fallait l'entendre parler des belles qualités, tant de l'esprit que du cœur, de cette mère qui fut toujours épouse dévouée et femme vertueuse. Son expérience des hommes, au dire de sa fille, et ses connaissances en histoire étaient surtout remarquables. Elle avait vu le grand monde, elle l'avait apprécié à sa valeur. Pieuse, il n'y avait point de petitesse dans sa piété, qui était éclairée et solide. Ce jugement que la fille portait de sa mère était

3.

vrai. Mais les malheurs de la Révolution et leurs conséquences rendirent, dans sa vieillesse, Mme An-cest vaporeuse et d'un esprit plein d'agitation. Les grandes commotions de l'âme, sans le détruire, change et dénature le caractère, souvent d'une manière notable; les idées et les goûts ne sont plus les mêmes. C'est que les ébranlements dans la partie morale de notre être, comme les ébranlements dans sa partie physique, doivent produire leur effet.

Revenue à Dourdan, Mlle Ancest s'appliqua à une bonne œuvre. Cette œuvre allait à la sensibilité de son âme. Les guerres de la Vendée avaient fait amener plusieurs prisonniers en cette petite ville du Hurepoix. Parmi eux était un vieux prêtre. Il se trouvait dans le plus extrême dénûment, comme la plupart de ses compatriotes. Mlle Ancest en entendit parler, elle conçu un généreux dessein, celui de nourrir le vieux prêtre, de lui envoyer quelques aliments meilleurs que le pain grossier de la prison. Son commissionnaire fut un jeune garçon perruquier, nommé Tardivel. Il allait faire la barbe aux prisonniers, entre autres au vieux prêtre; mais il fallait agir de ruse, car il était défendu de ne rien faire parvenir du dehors sans autorisation. Tardivel, également perruquier de M. Ancest, était intelligent et honnête, il mettait sous sa blouse ce que Mlle Ancest lui confiait, fraises, petits pois, vin vieux, pains mollets, etc., les gardiens sans défiance le laissaient passer, Tardivel remettait fidèlement ce dont il

avait été chargé. Sensible à l'infortune du vieillard,
il était heureux de coopérer ainsi à la soulager. Il
racontait à Mlle Ancest le plaisir qu'il avait fait au
pauvre prisonnier en lui apportant les primeurs de
la saison : c'était engager la jeune personne à con-
tinuer. Elle n'y manqua pas tant que le vendéen fut
sous les verroux. Elle avouait ingénument, plus
tard, qu'elle volait le vin de son père pour accom-
plir sa bonne œuvre « *Ce n'était pas bien*, disait
elle, *mais Dieu me l'aura pardonné à cause de l'intention.* »

Le vieux prêtre eût voulu connaître la jeune personne charitable, bienfaisante, qui lui envoyait de
si bons mets. Il ne savait pas que plus d'un était
volé : les autres étaient achetés sur les épargnes
de la jeune personne, qui se privait d'un ruban ou
d'un plaisir pour son vieux prêtre. Mlle Ancest eût
désiré également connaître celui qu'elle soulageait
avec tant d'empressement ; la demeure de son père
était en face de la forteresse, elle regardait souvent
si, à l'une des fenêtres grillées, elle n'apercevrait
pas une vieille figure et des cheveux blancs : en
vain elle était au guet, elle n'aperçut rien. Elle ne
connut point celui qui était l'objet de son occupation journalière. Elle sut la fidélité avec laquelle
le jeune Tardivel s'acquittait de sa commission ;
pauvre garçon qui eût pu s'approprier ce qu'il
portait : ce fut par l'une des personnes chargées du
soin des prisonniers ; cette personne vint la remer-

cier un jour au nom du vieux prêtre et lui témoigner de sa part le regret de ne pouvoir le faire lui-même, pressé qu'il était par l'ordre du départ. Libre enfin, il retournait dans son pays. Il lui fit exprimer en outre le plaisir qu'il eût eu à la connaître, puisque son action était la preuve de la bonté de son cœur. La personne chargée de cette mission était une religieuse de St-Vincent-de-Paul qui, sous le costume laïque, donnait ses soins aux malades de l'Hôtel-Dieu et aux prisonniers.

Ce vénérable vieillard, disait sa bienfaitrice, aura sans nul doute prié pour moi, et ses prières m'auront été très utiles. Cette pensée faisait sa consolation.

Le jeune Tardivel prospéra. Mlle Ancest attribua ceci en partie à sa bonne action d'apprenti perruquier. Il y mettait un si grand zèle, qu'on ne pouvait douter de la beauté des sentiments de son âme.

La Terreur se calma; le Directoire vint remplacer la Convention; ceux qu'on appelait les honnêtes gens reparurent. M. Ancest fut élu, le 14 avril 1797, juge au tribunal civil du département de Seine-et-Oise, siégeant à Versailles. Il reçut peu après la commission de présider, comme directeur du jury, le tribunal correctionnel de l'arrondissement d'Etampes. Le 18 fructidor, 4 septembre 1797, arriva; M. Ancest se retira immédiatement; il ne voulait en rien sembler contribuer au mouvement révolutionnaire : ses principes à ce sujet étaient très arrêtés. Cependant quitter la place était la laisser aux gens mal intentionnés ; était-ce sage et de bonne politique ? D'une autre part, une place lui était devenue nécessaire, car sa fortune était notablement amoindrie par les nombreuses dépenses de son incarcération et de ses déplacements, par le remboursement des deux tiers de la rente consolidée et le troisième vendu par lui à vil prix ; il avait un fils et une fille à pourvoir. M. Lebrun, qui fut troisième consul, le blâmait. Ils s'étaient connus au Parlement, mais n'avaient pas suivi la même ligne ; M. Lebrun avait été du Parlement Maupeou, et secrétaire de ce dernier ; M. Ancest avait refusé d'en faire partie ; il était resté fidèle à l'ancien Parlement. M. Lebrun possédait la terre de Grillon près de Dourdan ; ses relations n'avaient point cessé avec M. Ancest, quoique la conduite politique ne fût pas la même. M. Lebrun, aux yeux de la famille Ancest, était l'homme des circonstances ; sans être révolutionnaire, il saluait le pouvoir et cherchait à s'y faire une place. Il éprouva bien des vicissitudes, arriva enfin au consulat. Lorsque sa femme le vit aux Tuileries, elle en mourut de chagrin, car elle appréhendait, une chute d'autant plus terrible que le poste était plus élevé. Elle se trompa, elle n'avait pas deviné le génie de Napoléon.

A propos de M. Lebrun, Mlle Ancest, devenue Mme Poisson, racontait une anecdote de La Bou-

gardière. Cette femme alla trouver M. Lebrun,
alors troisième consul ou architrésorier, afin de lui
demander sa protection pour son fils tombé à la
conscription. M. Lebrun hésitait et lui donnait une
réponse évasive. « Parguenne, monseigneur, lui dit
« La Bougardière avec sa parole énergique, si j'a-
« vions tant barguiné pour vous réclamer quand
« vous étiez en prison, à cet'heure-ci vous n'en seriez
« pas là » : Sanglante apostrophe à la prospérité
oublieuse du troisième consul, et qui lui apprenait,
dans un langage digne, quoique trivial, à ne point
mettre de côté les services rendus, de si infime personne qu'ils viennent. Que de gens n'ont pas souvenance de la veille ! Puissent-ils être heureux du
lendemain.

La réaction révolutionnaire du 18 fructidor exposa
le père de Mlle Ancest à de nouvelles persécutions,
d'autant plus qu'il ne s'en était pas montré partisan,
ayant quitté son poste. Il fut sur le point d'être
arrêté une troisième fois. Il eût été déporté. Averti
à temps par une lettre anonyme lancée dans sa cour
à l'aide d'une pierre, il s'enfuit de Dourdan. Il se
rendit à Paris. Il y demeura caché une quinzaine
de jours, jusqu'à ce que l'ordre d'arrestation surpris au ministre fût révoqué. Il dut ce service à
M. Lebrun.

La famille Ancest resta à Dourdan jusqu'en 1800.
Louise y passa donc une partie de sa jeunesse ;
elle devait passer l'autre à Etampes. Elle eut à

Dourdan pour amie intime Mlle Minette de Cherville, devenu depuis Mme de Pontbellanger. C'était
une jeune personne enjouée, aimant le monde, et
prenant assez gaiment la Révolution : « car, disait-
« elle plus tard à Mlle Ancest, nous autres jeunes
« personnes nous trouvions par trop triste de nous
« appesantir sur les malheurs de ces temps, mal-
« heurs dont nous avions pourtant notre bonne part.
« Nous nous peignions l'avenir en rose, comme le
« fait le jeune âge. » La rose, en effet, dans la vie
de l'homme, c'est la jeunesse : mais elle s'effeuille
vite et laisse apparaître un fruit qui n'a rien d'agréable ni à la vue, ni au goût, c'est la maturité de
l'homme. Quant à l'épine, née avec sa fleur, elle
persiste après elle.

Mlle de Cherville était par sa mère nièce de
M. d'Epréménil.

Mlle Ancest avait une intimité plus grave, c'était
avec une demoiselle de Gauville, qui avait de 45 à
48 ans et une bosse, mais qui réparait cela par les
agréments de l'esprit. On assistait d'ordinaire à son
souper : il coupait la soirée en deux. Le menu était
modeste, une alouette ou une omelette d'un œuf,
ou quelque autre chose de semblable en quantité.
Un point de science, d'histoire ou de théologie, commencé avant le repas, était continué après. L'abbé
Charpentier était souvent du nombre des assistants.
Il y avait dans la morale et la piété de Mlle de Gauville un peu de jansénisme et de causticité, en con-

séquence un peu de gronderie. La gronderie éta
pour les nièces ; la tante se lamentait fort de l
dévotion trop facile des jeunes personnes. Elle eû
voulu en faire de graves douairières par le costum
et par la tenue. Les jeunes filles trouvaient qu'
n'était pas encore saison de mettre la coiffe, no
plus de dire adieu au monde et aux ris. La semonc
gentiment faite était gentiment prise. Le lendemai
c'était à recommencer ; car les nièces n'en avaien
conservé ni souvenance, ni souci. Dans sa spirituell
causerie, Mlle de Gauville prétendait qu'il fallait u
peu d'esprit pour se sauver : les sots n'avaient pa
ses sympathies. Pardon du démenti à la docte cau
seuse, il ne faut qu'un peu de bon vouloir ; l'espri
n'y entre pour rien, si tant est même qu'il ne soi
pas un obstacle. Mlle de Gauville damnait à ce qu'i
paraît les religieuses, puisqu'elle disait que toute
étaient bêtes. La cornette ne lui plaisait pas. O
voit que la pieuse demoiselle était passablemen
caustique. Il y a des religieuses qui ont de l'esprit
si, à la vérité, il y en a qui n'en ont pas, qui son
sottes et ignorantes. L'esprit n'a rien à faire ave
le ciel, c'est le cœur et la vertu qui font le mérit
devant Dieu.

Le 6 avril 1800, 16 germinal an VIII, M. An
cest fut nommé par le premier consul juge-sup
pléant au tribunal de première instance de Ver
sailles. Il dut cette nomination à M. Lebrun. I
n'accepta pas, trouvant la place trop minime.

M. Lebrun le blâma, insista, disant qu'il avait
tort ; que c'était une porte ouverte qu'il ne fallait
pas fermer. Ce refus termina les rapports de ces
deux hommes. M. Lebrun pensait que M. Ancest
devait songer à l'établissement de sa fille qui prenait de l'âge : la différence des vues politiques
empêchait M. Ancest d'écouter ses bons avis.
Celui-ci n'avait pas oublié le passé ; celui-là pro-
fitait du présent : « il savait se faufiler, disait plus
tard Mme Poisson, car il avait une habileté qui
manquait à mon père. » Les idées de M. Ancest
se sentaient de l'ancien régime, elles avaient de la
raideur : Ses goûts étaient d'ailleurs simples et
modestes. Il était royaliste par conviction, non
par intérêt. M. Lebrun royaliste par la manière
de voir ne l'était pas quand même ; il voulait avant
tout faire son chemin, et il y employait de l'adresse.
Je rapporte le jugement de Mlle Ancest, devenue
Mme Poisson. Je continue : « Mon père, disait-
elle, fut toujours dupe de son opinion, il y sacrifia
l'avenir de ses enfants. Il fut fêté par la noblesse tant
qu'elle eut besoin de lui ; dès qu'elle n'eut plus besoin
de ses services, elle le laissa de côté. Dans un parti,
ajoutait-elle avec un grand discernement, ce ne
sont pas les plus convaincus qui profitent le mieux
de son triomphe, ce sont les plus habiles, les intrigants ; or il est loin d'être prouvé que ce soient les
plus habiles qui soient les plus convaincus. » Ceci
a encore son application à notre époque. On se

sent de là un profond mépris pour les hommes politiques, comédiens qui amusent le peuple afin de
faire leurs affaires, puis qui s'en moquent après.
Aussi, pourquoi le peuple est-il si niais ? Mlle Ancest avait vu de près les choses ; plus tard, elle
était intéressante à entendre parlant des bévues
du parti royaliste, de ses fautes, de ses chiméri-
ques espérances toujours mises à la place de la
réalité; de l'entendre discourir sur l'esprit fanfaron,
léger, sans consistance et nul du grand nombre
des royalistes, et de ce qu'elle appelait les folies de
l'émigration. « Les émigrés, disait-elle, portèrent
la dissolution des mœurs et le scandale dans toute
l'Allemagne. Ils mêlaient la religion à leur déver-
gondage : le trône et l'autel, Dieu et le roi étaient
le grand mot. Ceci n'était tout bonnement que les
regrets d'un régime renversé et la haine des idées
nouvelles qui mettaient obstacle au retour du passé.
A son impéritie le parti royaliste ajoutait un extrême entêtement et une intolérance encore plus
extrême, deux choses qui empêchaient la lumière
de lui arriver. Du reste il ne voulait pas être
éclairé : c'est ainsi qu'il se perdait. Ses mesures
étaient fausses, ses coups hasardés, ses desseins
dévoilés avant l'entreprise car, les hommes de
ce parti, dans leur extravagance, se croyaient
si sûrs de la réussite, qu'ils ne se donnaient pas
la peine du secret. » Elle estimait, du reste, que
l'émigration avait été une faute politique. Elle

blâmait aussi les honnêtes gens de s'être retirés des places, d'avoir laissé ainsi la canaille (telle était son expression) les envahir. Il faut garder, disait-elle, le pouvoir ; car dès qu'on ne l'a plus, on est désarmé et sans force. En sa vieillesse, ayant vu la longue série des événement se dérouler sous ses yeux, elle appelait les royalistes *un pauore parti*, auquel son père avait sacrifié sa place, sa fortune, son avenir et celui de ses enfants, dans l'idée chimérique du retour du Parlement et de l'ancienne royauté. « En ma jeunesse, répétait-elle souvent, guidée uniquement par les opinions de mon père, je jugeais tout autrement qu'aujourd'hui ; mais l'expérience m'a éclairée. » Elle ajoutait : « Je connais maintenant la valeur des hommes et celle des opinions, aussi ne suis-je d'aucun parti. » Cependant elle n'était pas favorable au système républicain : l'époque néfaste de 93 lui en avait laissé une trop vive et douloureuse impression : aussi le mot seul de république lui inspirait un sentiment d'horreur. Son idée était monarchiste. « Mon père, disait-elle, m'a toujours dit que la France ne « pouvait être gouvernée en république. Mon père, ajoutait-elle, savait bien quelque chose. » Elle combattait donc toute idée républicaine, et repoussait ce genre de gouvernement pour la France. C'étaient des réminiscences de sa jeunesse, réminiscences assurément légitimes et qui avaient leur raison d'être. Il est in-

contestable que le système républicain de 93 n'a
été rien autre chose que l'abus de la force bru-
tale de la démagogie. La démocratie réelle
n'est point cela, de quelque manière qu'on
en juge la valeur pour le gouvernement d'un pays.
Poursuivons. Dans les derniers mois de son existence, en jetant de temps en temps un regard sur
les feuilles publiques, elle disait avec un sentiment d'abattement et avec un accent de voix lan-
goureux : Qu'ai-je affaire de tout cela ? Bientôt
les évènements humains ne pourront plus m'at-
teindre. Dans peu j'y serai entièrement étrangère,
je n'y serai plus. » : Réflexion profonde et ins-
tructive. Elle ajoutait à son fils : « Tu t'en tireras
comme tu pourras : mais ce n'est pas fini. Toi-
même, peut-être, ne vivras-tu pas assez pour en
voir la fin. Quant à ce que j'ai vu dans mon enfance (l'ancien régime), retiens-le bien, cela ne
reviendra jamais, c'est une révolution complète
qui a fermé le passé. Mais tu ne verras probablement pas la fin de la Révolution, qui dure toujours
depuis 89. »

A un tel langage, il est facile de reconnaître la
femme supérieure qui a ses vues et qui ne reçoit
ses idées de personne. Mlle Ancest était douée de
cette supériorité d'intelligence qui appartient aux
âmes élevées. Elle y joignait la belle et rare qualité de ne pas soutenir son sentiment avec hauteur.
Elle savait écouter, il est vrai par complaisance,

car elle restait dans ses convictions. Cela n'était
pas de l'entêtement; elle n'avait pas ce défaut des
petits esprits.

M. Ancest, ayant refusé, comme nous l'avons
dit plus haut, la place de juge suppléant, alla se
fixer à Etampes, afin d'y ouvrir un cabinet d'affaires. Il sentait que sa fortune presque détruite par
les événements révolutionnaires ne lui permettait
plus l'attente dans le rien faire. Il devint, en septembre 1807, magistrat de sûreté près le tribunal
de 1e instance d'Etampes et substitut, en ce tribunal, du procureur impérial de Versailles. Il garda
cette place jusqu'à la suppression des magistrats
de sûreté en 1811. L'Empereur lui alloua une pension de 700 francs.

Mlle Ancest, qui était dans sa 22e année, devint
l'ornement de la société d'Etampes. Son esprit, sa
brillante imagination, son talent pour la poésie et
pour la musique la faisaient rechercher, et les
opinions de son père la faisaient accueillir. Ses poésies, pour la plupart, étaient des chansons impromp-
tues de table et de circonstance. Elle les chantait
elle-même. Sa voix belle, sonore, étendue, expres-
sive leur donnait du charme. Leur valeur réelle
était la médiocrité. L'à-propos était ce qu'il y avait
de plus saillant. Du reste, Melle Ancest faisait des
vers pour complaire à la société et non pour briller.
Gaie et enjouée, elle aimait le plaisir ; aussi ne
refusait-elle aucune fête. Liante et communicative,

sans nul embarras pour exprimer sa pensée, elle
étendait vite le cercle de ses connaissances. Elle
plaisait, car elle était spirituelle sans prétention,
aimable sans étude, deux choses assez rares chez
les femmes du monde, qui sont presque toujours
étudiées et prétentieuses. C'était dans la société de
la noblesse qu'elle avait été admise : elle n'en tirait
pas vanité. Roturière, elle jugeait honorable sa
condition ; elle n'avait nul désir d'en sortir. C'était
son jugement. Elle ne jettait pas pour cela aux
nobles le dédain roturier : elle n'enviait rien à la
noblesse ; elle trouvait que la Providence l'avait
convenablement placée. Cependant ce n'était pas
peu que cette admission en un temps où les privilèges de la noblesse, quoiqu'abolis, étaient encore
vivaces et où l'on nourrissait l'espoir de les ramener en ramenant l'ancien régime. Les nobles, en
général, considéraient alors le mouvement politique et social de 89 comme un mouvement révolutionnaire passager, et non point comme un fait
accompli sans retour.

La société noble d'Étampes se composait des
familles de Poilou de St Marc, de St Perrier, de
Bierville, d'Astorg, de Grassin, de Vigny, Dupré
de St Maur, de Vidal, de Goinpy, de Laborde, de
Bourenne, de Montrognon de Salvert, de Tarragon,
etc. Mlle de Bierville fut la compagne des plaisirs de Mlle Ancost, la famille de Laborde la confidente de ses peines. L'amitié dépositaire de ses

douleurs et de ses chagrins fut plus constante et
plus durable. Les amis du plaisir disparaissent
d'ordinaire avec le plaisir lui-même. Ainsi s'écoula
au milieu d'une société de bon ton la seconde partie de la jeunesse de Mlle Ancest. Cependant la
position de fortune de son père rendait difficile son
établissement. Plus d'un parti avantageux sous le
sous le rapport de l'argent s'était présenté; l'opinion l'éducation déterminèrent, Mlle Ancest à refuser : elle ne voulait ni se mésallier, ni avoir à rougir de son mari; elle préférait rester fille. Elle
chercha à mettre une stricte économie dans les dépenses de la maison de son père. Sa mère ne s'entendait pas au ménage ; son éducation avait été
celle d'une personne du grand monde plutôt que
l'éducation d'une simple bourgeoise ; ayant été
lancée à Paris au milieu de la haute société, elle
comprenait peu ce que vaut l'ordre dans les moindres détails de l'intérieur d'une maison. Pour sup-
pléer donc à ce qui manquait en ceci à sa mère
Mlle Ancest se mit au ménage. Elle s'y forma
seule et bien. Mais, lorsqu'une grande fortune a
éprouvé de graves échecs, de petites économies no
la rétablissent pas ; elles ne peuvent que l'empêcher de crouler complètement. Mlle Ancest le comprenait, elle s'en attristait ; sa vive imagination
assombrissait encore la réalité de la chose. La
jeunesse s'en allait ; Mlle Ancest sentait que le
monde n'en donne pas, ainsi qu'elle le répéta bien

des fois depuis à son fils. « Le monde vous invite à
« ses joies ; lorsque vous n'y êtes plus propre, il
« court à d'autres sans nul souci de vous. Le
« monde est une séduction et une tromperie. »
Mlle Ancest avait reconnu ceci, en conséquence
elle se décida à vingt-neuf ans et demi à épouser
un homme veuf chargé de cinq enfants ; il était
dans sa trente-neuvième année.

Cet homme était convenable par sa position, sa
famille et sa fortune. Cette dernière n'avait point
été faite par la Révolution ; tous les biens était pa-
trimoniaux. Elle venait en grande partie de sa
mère, sœur, fille et petite-fille de MM. Georgeon,
successivement lieutenants-civils de Beaugency sous
Louis XIV et sous Louis XV, avocats en parlement,
conseillers du roi et du duc d'Orléans. Le point
d'honneur était ce à quoi le futur époux de Mlle Ancest tenait le plus ; naturellement d'une grande
bonté, il avait néanmoins une fierté d'âme qui
l'empêchait de considérer un égal dans le premier
venu. Il ne dédaignait personne, mais il tenait à la
distinction des rangs et des positions Son désespoir eût été de voir en ses enfants quelque sentiment
bas ; il en eût conçu le plus vif chagrin. Il était de
ces natures froides qui reçoivent difficilement les
impressions, mais qui, reçues, les gardent profondément et toujours. Il n'y avait chez lui nul orgueil ;
il ne se considérait ni plus ni moins que ce qu'il
était par sa famille et sa position : il avait le respect

de lui-même et entendait être respecté. Il jouissait
de l'estime et de l'affection publiques, car il était
bon et bienveillant. Ses enfants lui portaient un
respect profond et un égal amour. Chez eux
l'affection engendrait d'elle-même le respect,
en sorte qu'ils n'auraient osé manquer à ce
père si bon pour eux, mais qui néanmoins n'aurait
pas souffert qu'ils lui manquassent en quoi que ce
fût; d'une seule parole d'autorité, il les eût fait rentrer dans le devoir. Il n'en avait pas besoin, ses enfants auraient eu trop de chagrin de le contrister.
Quant à ses opinions, elles étaient royalistes, mais
modérées. Elles étaient sages, car il était doué d'un
grand bon sens. Ses principes étaient chrétiens; ils
les avait reçus de son père et de sa mère, gens
pleins de religion. L'impiété voltairienne lui déplai-
sait, ainsi que ses imputations malveillantes et absurdes. Il était notaire à Janville : il avait succédé
en cette charge à son père. Il se nommait Poisson.
Le célèbre mathématicien de ce nom était son cousin germain. Marié en premières noces à une
demoiselle Mathieu, nièce du dernier abbé de
Ste Geneviève, M. Rousselet, il était veuf depuis le
13 octobre 1806.

Son mariage avec mademoiselle Ancest fut célébré en l'église de St Basile d'Etampes le mercredi
1er juin 1808. Voici le discours que le maire de la
ville, M. de Romanet, prononça lors de la célébra-
tion du contrat civil :

4

« Monsieur et Mademoiselle, de tous les événements de notre vie, le mariage est sans doute le plus intéressant; mais aussi, autant en sont grands les devoirs auxquels il engage. Vous, monsieur, mieux qu'un autre vous connaissez l'importance de cet acte, vous en dictez chaque jour le contrat. C'est un des exercices de votre profession. Les devoirs qu'il impose ne sont pas nouveaux pour vous. Le gouvernement de la famille ne vous est point étranger. Mais ici ce gouvernement se complique d'intérêts divers, et conséquemment de divers sentiments; de soins nouveaux et de nouveaux devoirs vous sont imposés. Cette situation de choses est amenée dans la famille par l'union nouvelle d'un des époux; elle demandera de votre part une nouvelle application, celle de resserrer, pour ainsi dire, les liens de la fraternité, pour les tenir toujours unis entre les enfants qui auront en eux, à la vérité, les éléments d'une même paternité, mais non ceux d'une maternité semblable. Ce n'est pas que l'harmonie entre eux ne soit une chose naturelle, puisque les sentiments doivent nécessairement être fraternels dans ceux qui sont unis par un des liens de la fraternité, mais l'expérience montre souvent des différences entre des objets qui nous paraissent semblables, des oppositions où nous ne voyons que des rapprochements, des éloignements où nous ne voyons que des penchants : l'expérience est le guide du sage. — Vous serez efficacement secondé dans l'accomplissement de vos nouveaux devoirs par l'épouse à laquelle vous associez votre seconde destinée ; vous trouverez en elle les qualités du cœur réunies aux facultés d'un esprit agréable, qui, dans la société comme dans la famille, y est toujours d'un succès certain pour le maintien de l'harmonie. — Dans les éloges mérités que nous nous faisons ici un plaisir de lui donner, vous devrez voir le regret que nous éprouvons, comme magistrat, de ne plus la compter au nombre de nos administrés, et ceux que ses amis, dont je ne suis que l'interprète, conçoivent de son éloignement, et le présage pour vous, monsieur, d'une félicité de plus. — Vous, mademoiselle, la situation dans laquelle vous allez vous trouver, comme nouvelle épouse, a quelque différence d'avec celle des épouses dans les unions ordinaires sous le toit domestique qui devient votre nouvelle demeure ; vous y entrez non seulement comme épouse, mais aussi comme mère ; vous y serez accueillie comme telle. Comme telle vous y êtes attendue ; comme telle vous devrez y répondre. Vous y trouverez des enfants dont vous serez non seulement la mère adoptive, mais dont vous deviendrez la mère naturelle, puisque vous en tenez la place ; le lien qui vous unit à eux est le lien maternel, comme le lien qui les unit à vous est le lien filial, puisque ce sont les enfants de votre époux, puisque vou leur tenez lieu de mère, et qu'ils seront les frères de vos pro-

pres enfants : vous leur dèvrez les mêmes soins et
la même tendresse. Le devoir se trouve en cela
d'accord avec le sentiment : ils ne font point d'exception entre les fils des deux époux. — Si les
devoirs et les soins dans cette nouvelle situation
s'augmentent aussi pour vous, si, pour vous aussi,
se complique le gouvernement de la famille,
vous trouverez dans l'empressement d'un époux,
qui ne s'occupera que de faire votre bonheur,
dans le sentiment de vos vertus personnelles, et
dans les agréments de votre esprit tout à la fois
naturel et cultivé, les moyens et la facilité et le
bonheur de remplir une tâche aussi intéressante
qu'elle est importante. — Nous ne pouvons que
vous exhorter à pratiquer lès conseils et à imiter
en tout les exemples que vous ont donnés vos
parents. Vous apporterez dans votre ménage cet
esprit d'ordre et de règle sans lequel il n'est
point de bon ménage et qui en rend le gouvernement facile autant que juste. Vous serez également observatrice des devoirs sociaux et religieux qui nous font aimer, estimer et respecter
dans la société et sous le toit domestique. En y
apportant tous les agréments de votre esprit,
vous remplirez l'heureuse destinée à laquelle vous
êtes appelée. Vous serez agréable amie, épouse tendre, et bonne mère. — Nouveaux époux, jouissez
longtemps du bonheur réservé aux unions dont la
sagesse et la Providence ont formé les nœuds. »

Janville devait être désormais le lieu de la rési-
dence de Mlle Ancest devenue Mme Poisson. Elle y
arriva la veille de la Pentecôte. C'était une très
petite ville, située au milieu des vastes plaines de
la Beauce, l'un des chefs-lieux de canton de l'arrondissement de Chartres et du département d'Eure
et Loir. La société, composée d'anciennes familles
du pays, y avait un très bon ton. On était curieux,
comme on l'est dans les petits endroits, de connaître l'arrivante ; chacun eût mit volontiers le nez à
la fenêtre. Là où le nombre est restreint, c'est chose
d'importance qu'une personne de plus ; c'est une
nouveauté dont tout le monde s'occupe, dont tout le
monde parle. On veut savoir quelle est la taille,
quelle est la figure, quelle est la mise, quels sont la
coiffure, l'air, les manières de la nouvelle venue ;
c'est le sujet de la conversation de toute une matinée ou de toute une soirée. On recueille chaque
version, on épie le mot qui fournira un aliment à
a critique, car on aime à critiquer ; on juge avant
d'avoir vu ; on se passionne avant d'avoir pu apprécier ; on exagère le bien et le mal ; on raconte
des merveilles qui n'ont de durée que la nouveauté.
Dès qu'elle paraît, la nouvelle arrivée est sûre d'a-
voir tous les regards, heureuse si elle échappe à
l'œil envieux, qui n'est pas le moins ouvert. Ceci
n'a qu'un temps, mais c'est un émoi général. Le
manque de nouvelles fait faire nouvelle de tout ;
un chien qui aboie, un chat qui miaule, un cheval

4.

qui passe occupent les têtes les plus graves : qu'y
a-t-il, se dit-on ? Les caquets sont nombreux, mé-
chants, sots, ridicules, oiseux, et presque toujours
ennuyeux. On jase sur des riens ; on fait des his-
toires sur un propos en l'air ; on a besoin de parler,
on parle, souvent à tort et à travers. Il en est ainsi
dans tous les petits lieux. Mᵐᵉ Poisson devait
subir cette inévitable rumeur des babils et de la curiosité. Le lendemain, à la grand'messe, plus d'un
nez fut en l'air ; un regard à la dérobée ne fut point
compté au nombre des distractions, il était si juste
en même temps que si naturel. Au souper de famille,
car alors on soupait encore, on s'amusa aux
dépens du jardinier qui se croyait un grand sire,
tout simplement parce qu'il était bête. Les autres
domestiques lui désignèrent comme sa maîtresse la
mère de la nouvelle mariée ; il le crut, et il prit
avec le plus grand calme d'esprit cinquante ans
d'âge pour vingt-neuf ans. Les filles de service,
fort disposées à rire, se moquèrent de sa niaiserie ;
elles en firent des gorges chaudes à leur table,
égayant ainsi la bien-venue de la nouvelle maîtresse de céans. L'anecdote racontée amusa la société qui ne demandait pas mieux que de se divertir.

Mᵐᵉ Poisson prenait la charge de cinq enfants
dont l'aîné avait 14 ans et demi et le plus jeune
dix-huit mois ; il y avait quatre filles et un seul
garçon, Aglaé, Pierre, Mélanie, Euphrosine et Clémentine. Elle allait donner tous ses soins à ces

cinq enfants qui n'oublièrent jamais qu'elle leur avait apporté, en s'unissant à leur père, une sollicitude vraiment maternelle. Mais voyons-la à l'œuvre dans son ménage et dans la société. Nous l'avons déjà dit, le bon ton régnait à Janville, sans que les familles fussent aussi distinguées par la naissance que l'étaient celles d'Etampes. Mme Poisson devait encore y être la première par la supériorité de son esprit et par l'excellence de ses manières. Elle fit l'ornement de cette société nouvelle, souvent même, elle en fit le charme et l'agrément. Bonne musicienne, poète, imagination vive, elle était également parfaite femme de ménage. Tous les ouvrages d'aiguille lui étaient connus. Son travail était admirable, au jugement même des personnes capables de l'apprécier. Elle tenait à une parure convenable, mais sans se permettre de folles dépenses. Elle entendait l'économie ; cependant elle apportait du soin dans sa mise : car elle redouta toujours de paraître antique et ridicule. Elle conserva le soin de sa toilette jusque dans sa vieillesse ; ce ne fut que les trois ou quatre dernières années de son existence qu'elle ne s'en préoccupa plus. A partir de son veuvage, il y eut une très grande simplicité dans sa mise : elle renonça alors au monde, et fut constante à n'y point rentrer. Elle appréciait très bien le monde, vain fantôme qui entraîne et séduit tant de gens. Elle le jugeait ainsi, disait-elle, parce qu'elle l'avait vu de près. Femme essentiellement d'ordre, elle redoutait sans cesse qu'il en manquât dans ses affaires. Elle tenait à tout ce qu'elle avait, jusqu'au moindre chiffon. Généreuse dans ses procédés, ayant l'âme grande, elle savait faire les choses convenablement, sans lésinerie, ni sans prodigalité : ce qui est un talent rare et qui marque la supériorité de gestion dans une femme de ménage. Elle savait ordonner chaque chose. Elle ne possédait pas l'aménité et la grâce particulières à certaines femmes, qualités d'ailleurs rares ; elle avait un peu la préoccupation d'elle-même, ce qui ôtait du charme à ses manières distinguées. On peut juger de là que dans sa jeunesse elle ne fut pas fâchée d'attirer l'attention, sans être orgueilleuse, elle avait le sentiment de sa supériorité intellectuelle, et il lui plaisait qu'on la remarquât. Communicative, elle se liait facilement, mais en faisant son choix. Lorsqu'elle s'en donnait la peine, elle avait un charme exquis dans sa conversation ; elle savait narrer avec esprit. Son défaut était de revenir un peu trop sur les mêmes faits, et elle n'aimait pas qu'on lui en fît l'observation : cependant les meilleures redites finissent par être fastidieuses. Il est peu de personnes qui n'aient ce défaut, surtout en vieillissant : hommes et femmes se plaisent à raconter le passé et à y revenir souvent : mais on n'a pas toujours du nouveau à dire.

Ayant été bien élevée, elle était sévère sous le rapport des mœurs. Toutefois elle n'y apportait pas

la rigidité d'une femme revêche et prétentieuse.
Elle veilla avec sollicitude sur ses belle-filles, ne
permettant jamais une démarche d'apparence indiscrète. Ses belles-filles lui ont rendu à ce sujet
un témoignage flatteur . Elles comprirent, lorsque l'âge de l'expérience leur fut venu, combien la
rigidité de leur belle-mère avait été sagesse ; elles
lui en furent reconnaissantes. La bonté native de
ces jeunes filles facilita Mme Poisson dans son œuvre.
Leur belle-mère visait pour elles à une éducation
solide. De là résulta une intimité entre la belle-mère
et les beaux-enfants, même après la mort de leur
père. Une seule lui a survécu ; elle l'appelait ma
fille, et elle maman, jusqu'au derniers de ses jours.

Les principes religieux de Mme Poisson, nous en
avons fait la remarque, étaient très solides et éclai-
rés; elles les transmit à ses belles-fillles, qui eurent
ainsi le bénéfice d'une éducation vraiment chrétienne. Elle n'outrait rien dans la piété, parce
qu'elle n'avait nulle petitesse en sa dévotion, pas
plus qu'elle n'en avait dans l'esprit.

Le caractère de M. Poisson était l'opposé complet de celui de sa nouvelle épouse : cela nuisit parfois non à l'harmonie, mais au bonheur de l'un et
de l'autre. M. Poisson avait l'esprit aussi calme
que sa femme l'avait agité; il aimait son repos
avant tout. Il avait donc du sang-froid joint à un
bon jugement. Excellent père comme excellent fils,
ses affections étaient tendres, sans y mêler une

grande démonstration : son caractère ne comportait pas cela. Honnête homme, il était très délicat sur le point-d'honneur, et jusqu'à la bravoure. D'une grande bonté, il craignait, du reste, de faire de la peine à qui que ce fût ; il s'irritait, mais ne se vengeait point. Pour l'extérieur, il était grand et bel homme; son regard était agréable et doux. Il y avait peu de jeu dans sa physionomie : tout était en repos dans cette nature qui se plaisait dans le calme. Il reconnaissait la supériorité de sa femme; il la laissait faire, sans cependant jamais rien perdre de son autorité de chef de maison : il avait trop de jugement pour se réduire au triste rôle de mari mené: trop de jugement aussi pour ne pas laisser à sa femme la conduite du ménage et l'éducation de ses filles. Il en appréciait parfaitement le mérite et la valeur, et il avait le bon sens de ne pas s'en croire amoindri. Il était maître chez lui, et sa femme ne cherchait nullement qu'il ne le fût pas : s'il ne l'y avait pas été, elle se serait sentie elle-même amoindrie, disait-elle.

Mme Poisson avait l'âme aimante, un grand besoin d'aimer; après son mari, ses affections se portèrent sur l'aînée de ses belles-filles, celle-ci était une jeune fille ardente par l'imagination, mais d'autre façon que sa belle-mère. La solidité du jugement manquait en elle, complètement conduite par l'imagination. Elle était spirituelle, gaie, d'une haute piété qui allait jusqu'à l'excès, mais d'une

bonne dévotion, où se trouvaient l'indulgence pour
tous et la bienveillance. Mme Poisson en fit son
amie : l'imagination pouvait comprendre l'imagination. Mme Poisson communiquait à sa belle-fille
chacun des sentiments de son cœur, chacune des
agitations de son âme. Chez Mlle Poisson l'esprit
travaillait, mais n'était pas agité. Cet incessant travail d'esprit lui fit prendre en diverses circonstances
de fausses déterminations, où manquait certainement le jugement, mais où l'intention était aussi
pure que droite.

Au bout de seize mois de mariage, Mme Poisson
donna un fils à M. Poisson. Sa couche fut labo-
rieuse ; elle faillit périr avec l'enfant. Elle ne parvint à le mettre au monde qu'après les plus grandes douleurs et les plus grands efforts, et qu'au
moment où l'on chanta un Salve Regina à la Vierge
et qu'on fit brûler un cierge devant son autel.
M. Poisson, qui avait eu de cruelles inquiétudes et
qui craignait en outre l'arrivée d'une cinquième
fille, reçut avec joie le garçon nouveau né. C'était
le mercredi 27 septembre 1809, à quatre heures de
l'après-midi. Le baptême de l'enfant eut lieu le lendemain à neuf heures du soir avec grande pompe
et aux flambeaux. Heureux d'avoir un second fils,
M. Poisson en voulut célébrer dignement la naissance. Il aima ce second fils avec la même tendresse
qu'il aimait le premier, et c'était une immense tendresse. Ses garçons étaient son faible, que parta-

geait la dernière de ses filles, Clémentine, morte à
18 ans, le 29 octobre 1823. Il s'était promis une
brillante éducation pour son second fils : celle de
l'aîné n'avait pas réussi au gré de ses désirs. Il avait
placé sa gloire dans la science et les talents de ses
garçons, en cela était son orgueil de père ; en un
mot briller dans ses fils était son ambition. Il ne put
donner à son second fils cette brillante éducation
projetée, la mort l'enleva dans la vigueur de ses
années. Il laissa orphelin bien jeune ce fils dont il
avait salué avec tant de joie la naissance, et dont il
voulait faire sa gloire par la science et l'instruction.

Mme Poisson, devenue mère, put se rendre ce précieux témoignage qu'elle ne mit point de distinction
entre son fils et ses beaux-enfants. Il n'y en eut que
dans l'affection, ce qui était naturel et de droit ;
mais dans la conduite extérieure on ne put lui en
faire un reproche. Elle avait même une véritable
tendresse pour son beau-fils, enjoué, doux et aimable de caractère : c'était par elle que, dans ses
demandes, il obtenait tout de son père, qui d'ailleurs
n'était pas fâché du moyen, et se contentait de dire :
« *tu le gâtes ;* » et à son fils : « *ta mère te gâte.* »

Appliquée à l'éducation de ses belles-filles, qu'elle
éleva elle-même, Mme Poisson veillait à tout dans
sa maison. Il y avait de la vie dans cet intérieur de
famille ; on y recevait avec aménité, on y accueil-
lait avec bienveillance et sans faste, toujours avec
un ton parfait : les rapports de société étaient nom-

breux ; on ne manquait à aucune convenance. A la
suite des désastres de l'invasion des alliés, lors de
leurs divers passages par Janville, les officiers et
les états-majors trouvèrent maison ouverte chez le
maire, M. Poisson, et accueil, en sorte qu'ils aimè-
rent cette demeure et respectèrent la ville. Cette
petite ville de Beauce n'eut rien à souffrir, la bonté
et l'extrême sang-froid du maire calmaient les irri-
tations et paraient aux imprudences des habitants.
Un jour, Mme Poisson, tout impressionnée, vint dire
à son mari que les prussiens menaçaient de mettre
le feu aux quatre coins de la ville : « Hé bien ! nous
l'éteindrons, » répondit M. Poisson. Puis il ajouta
avec le calme le plus imperturbable : « je vais aller
« voir ce que c'est. » Il y alla, revint bientôt. « Où
« en sont les choses ? » lui demanda avec empressement Mme Poisson. « Ils étaient en grande colère,
« je leur ai fait entendre raison ; ils ont compris
« que ce qu'ils voulaient était impossible. » Il s'agissait de charrettes pour des transports. « Je ne puis
« en requérir plus qu'il n'y en a. » Ils menaçaient
de l'emmener avec eux. « Emmenez-moi, si vous
« voulez » leur répondit-il, « mais vous n'en aurez
« pas davantage, parce qu'il n'y en a pas davan-
« tage. » Ceci était dit avec un tel sang-froid, que
les prussiens virent bien qu'il n'y avait aucune
mauvaise volonté. Ils finirent par se contenter de
moins de charrettes qu'on ne leur en offrait. « C'est
un excellent homme que M. le maire, disaient-ils, il

5

n'a pas peur. » M. Poisson, en effet, n'était pas un
homme à se laisser intimider : mais sa bravoure
n'avait rien de la forfanterie ; elle consistait dans
un calme parfait, qui ne se démentait jamais. En
une autre circonstance, il eut encore à montrer sa
fermeté. Le ministre protestant était venu pour faire
faire la sainte Cène aux troupes, il avait demandé
le calice de l'église ; le curé s'y était refusé, ainsi
qu'il le devait. Un jeune officier, ordonnateur de la
cérémonie, était furieux du refus ; il pressait
M. Poisson en sa qualité de maire de contraindre
le curé ; il s'emportait, il trépignait, il jurait. Après
toute cette colère, M. Poisson lui répondit, sans se
déconcerter et sans rien perdre de son calme :
« puisqu'il ne veut pas le donner, que voulez-vous
« que j'y fasse ? Allez lui demander, vous verrez si
« vous serez plus habile que moi. Il offre un calice
« d'étain (1), il faut vous en contenter. Très cer-
« tainement je ne le forcerai pas à donner son ca-
« lice d'argent (2). » Voyant l'énergique sang-froid
du maire, le violent officier accepta le calice d'é-
tain, tout en ne cessant pas sa fureur, ni ses jure-
ments. M. Poisson laissa cette nature irritable se
calmer d'elle-même, sans répondre un mot de plus,
n'ayant pas même l'air d'y faire attention, encore
moins d'en être effrayé. Ce jeune officier à cheveux
roux finit par être de la plus grande douceur. Si

---

(1) Ce calice n'était pas consacré.
(2) Celui-ci était consacré.

M. Poisson se fût emporté comme lui, le débat fût devenu sérieux, et l'issue eût peut-être été fâcheuse. L'étonnant sang-froid de M. Poisson était vraiment remarquable. La pâque luthérienne se fit en plein champ.

Revenons à Mme Poisson. Ses jours s'écoulaient dans la simplicité et l'uniformité de vie. Elle consacrait quelques instants à la poésie et à la musique : c'étaient ses deux distractions principales.

En 1820 elle eut à recevoir l'abbé Démazure, père de la Terre Sainte, chevalier du St Sépulcre, et portant une longue et épaisse barbe, alors chose nouvelle et qui attirait la curiosité. Il fit grand bruit sous la Restauration. Il était du nombre des ultra-royalistes. Il vint à Janville sur l'invitation de la famille Poisson, chez laquelle il fut reçu. Ce fut le second dimanche après Pâques, 16 avril, à l'issue de sa station de carême à la cathédrale d'Orléans. Il était remarquable par la force et l'éclat de sa voix, par son récit animé touchant les faits relatifs à la Terre Sainte. Cependant sa chaleureuse déclamation manquait de fond, homme médiocre, et non grand penseur. Malgré les empressements de la foule, inhabile à juger, facile à enthousiasmer, son renom n'eut d'autre durée que le bruit momentané de sa parole. L'engouement du public fait une facile renommée, mais ne fait pas la valeur intellectuelle. Les véritables orateurs et les solides penseurs sont rares. L'abbé Déma-

zure avait le défaut de l'époque, d'être en chaire
un homme politique. On compromettait alors la
religion en ne la séparant pas du trône : on prêchait Dieu et le roi. Au lieu de ramener les esprits,
on les irritait. La religion doit planer au-dessus
des agitations de la terre, n'avoir pas la préoccupation des éphémères convulsions de la politique;
elle a à aider l'homme dans la traversée de la vie
présente et à le mener à Dieu. Ce n'est pas à dire
que le prêtre, en dehors de son ministère ecclésiastique, n'ait point le droit d'avoir une opinion politique, celui de la discuter et de chercher à la faire
prévaloir; mais la chaire ne saurait être la tribune.
Transporter la politique dans le sanctuaire, c'est
nuire à la religion. Ce fut, en général, le défaut et
la maladresse du clergé de la Restauration. On
peut être ce qu'on veut en politique, pourvu qu'on
soit chrétien dans ses sentiments et dans sa
conduite. Les gouvernements civils sont de
l'homme, ils en ont les imperfections; chacun dans
sa forme a des avantages et des inconvénients.
Tous, du reste, reposent sur un principe quelcon-
que, plus ou moins convenable aux idées du temps
et aux besoins sociaux de l'époque. Ne pas reconnaître ceci est se tromper étrangement et perpétuer
les révolutions.

L'abbé Démazure avait beaucoup d'exaltation
dans l'esprit; il était pour lors préoccupé d'un pay-
san de Beauce, Thomas Martin, qui en ce moment

jouait le rôle de prophète. Il fit tout exprès le voyage de Gallardon (1) avec l'aimable et spirituel curé de la cathédrale d'Orléans, l'abbé Corbin. Celui-ci, au retour, déclara que, « *parti incrédule, il reve-nait plus incrédule encore.* » Thomas Martin débitait qu'au mois de février 1816, étant occupé à labourer son champ, l'ange Raphaël lui était apparu et lui avait donné mission d'aller parler au roi Louis XVIII. Ceci fit grand bruit. Beaucoup de gens allèrent à Gallardon ; il y eut grand nombre de croyants, encore plus d'incrédules. Il y a toute probabilité que les prophéties de Martin furent une intrigue politique : ce fut l'opinion d'alors. M. De-cazes, ministre de l'intérieur, fit enfermer Martin à Bicêtre comme fou. Cependant l'affaire étant venue aux oreilles du roi, il ordonna qu'on lui amenât Martin, auquel il accorda une audience particulière, puis ordonna de le renvoyer à Gallar-don. En ce lieu on ne croyait pas à l'apparition de l'ange Raphaël, on regardait Martin comme un halluciné, qui finit par devenir une espèce d'intrigant en voyant la renommée qui s'était produite autour de lui. Après juillet 1830, il essaya de reprendre son rôle de prophète. Il déclara que sa mission était de ramener Louis XVII sur le trône; ce qui acheva de discréditer sa prétendue apparition de 1816. Du reste, on ne saurait être trop en garde

---

(1) Petite ville d'Eure-et-Loir, à 8 kilomètres de Mainte-non.

contre les visionnaires. Ce n'est point servir la
religion et la foi d'admettre vite et à la légère les
apparitions et ce qui se débite inconsidérément
à leur sujet. Passons outre.

La même année 1820, M. Poisson maria la seconde
de ses filles à un M. Fauchon, originaire de Joigny et
notaire à Gommerville (1). La jeune personne était
d'un caractère doux et obligeant. L'aînée des filles
avait renoncé au mariage. Elle mourut religieuse de
la vie cachée de Jésus à Montmirail, petite ville de la
Brie Champenoise, le 30 décembre 1828, à l'âge
de 33 ans.

Au mois d'avril 1821, Mme Poisson eut un second
enfant. Ce fut un garçon ; ce qui enchanta le père.
Il lui fit donner un de ses noms, celui de Simon.
Le premier en avait pareillement un, celui de Jean,
nom patronymique des familles Poisson et Ancest.
Simon ne vécut que trois mois. Mme Poisson sen-
tit la vive douleur qu'une mère éprouve lorsqu'elle
perd un enfant. Elle eût été plus inconsolable, si
c'eût été une fille : car son ardent désir avait été
d'en avoir une. Le regret de sa vie fut de n'en
avoir point. Elle avait mis en son imagination que
sa fille lui serait restée fidèle compagne ; elle ne
calculait pas sur les goûts de mariage que la jeune
personne aurait pu avoir. Quant à son fils, il lui fut
compagnon constant, il ne se sépara jamais d'elle.

_____

(1) Dans le canton de Janville.

Un an après la naissance du petit Simon, au commencement d'avril 1822, la santé de M. Poisson fut sérieusement atteinte. Déjà, durant le cours de l'hiver, sa voix s'était altérée dans les lectures faites tout haut durant les soirées. Ces lectures avaient lieu de sept à neuf heures, c'est-à-dire jusqu'à l'heure du souper. Tandis que M. Poisson lisait, Mme Poisson travaillait : ainsi se passaient les soirées de la semaine. Le dimanche était pour la société de Janville le jour des réunions. Ce genre de vie eut lieu de 1818 à 1822. Avant cette époque, la famille passait les soirées d'hiver chez la mère de M. Poisson, femme vénérable et bonne, qui aimait à se voir entourée de ses enfants et de ses petits-enfants. Là on causait ou l'on jouait, soit au piquet, soit au wisth, soit au reversi, soit au boston. Cette excellente grand'mère s'éteignit pleine de jours et dans toute la lucidité de son esprit à l'âge de 87 ans et demi. Une heure avant de mourir, elle répondit avec un calme religieux à son petit-fils Charles qui lui souhaitait le bonsoir: «Adieu, mon petit-fils, tu ne me reverras plus.» Elle avait dit vrai; sur les dix heures de nuit elle s'endormit paisiblement dans le Seigneur, elle n'était plus. Le jeune Charles était dans sa 10e année; il n'oublia jamais sa grand'mère, ni son adieu. Tout jeune qu'il était, cet adieu avait été à son cœur et l'avait profondément remué. Il pleura sa bonne maman, surtout lorsqu'il vit couler les abondantes larmes de son père.

La belle année 1822, si chaude, si riche en fruits
et en récoltes fut donc une année d'inquiétude, de
craintes et de douleurs pour la famille Poisson. La
santé de son chef, gravement atteinte à Pâques, continua de dépérir à vue d'œil. M. Poisson ne crut pas
à la gravité de son mal ; d'ailleurs il n'aimait pas la
gêne d'un régime et comptait sur sa force physique.
La maladie commença par une inflammation des
voies respiratoires et finit par une phtisie pulmo-
naire. A la fin de l'été, le mal fit de rapides progrès.
Mme Poisson fut forcée de s'absenter à cause de la
rentrée des classes, époque fixée pour faire commencer au jeune Charles des études sérieuses et
déjà trop retardées: il avait 13 ans et venait de
faire sa première communion le 6 Juin. Le médecin
avait rassuré Mme Poisson sur l'état très alarmant
de son mari ; il lui affirmait qu'elle avait le temps
de faire son voyage, que le danger d'une fin prochaine n'était pas imminent. En effet, M. Poisson était
encore le 13 octobre dans la cour de sa maison, où il
cédait pour la dernière fois à un caprice d'enfant de
son jeune fils. Le 14 au matin, il recevait dans son lit les
adieux de ce fils qui emportait dans son âme pleine
de tristesse la douteuse espérance de revoir un père
aimé et bien cher. Le 19, sur les dix heures du
matin, M. Poisson rendit les derniers soupirs,
après avoir reçu les sacrements d'Eucharistie et
d'extrême-onction.

Mme Poisson n'eut pas le courage, à la nouvelle

de cette mort, de se rendre immédiatement à Janville ; elle n'y retourna que le 2 novembre. Elle eut
dû partir avec son fils sitôt la fatale nouvelle reçue ;
mais les émotions de l'âme vous font quelquefois
prendre une détermination qu'on reconnaît avoir
été défectueuse. A la perte d'un mari se joignait
l'ouverture d'une succession avec des mineurs de
deux lits, un beau-gendre et une première commu-
nauté non liquidée, ceci effrayait Mme Poisson. Or,
ce qui fut admirable, c'est qu'une succession aussi
pleine d'embarras et de causes litigieuses qu'était
la succession de M. Poisson fut menée à bonne fin
sans aucune désunion : tout fut traité à l'amiable.
Mme Poisson se porta fort pour son mineur, et, ce
qui est rare, la belle-mère et les beaux-enfants res-
tèrent en bonne intelligence ; l'époux de la seconde
fille du premier lit, M. Fauchon, devint même
l'homme de confiance et d'affaires de la belle-mère
veuve. Celle-ci le considéra toujours comme un
homme d'honneur, à tel point qu'elle n'hésita jamais à lui confier ses fonds sur simple billet.
M. Fauchon ne cessa point de justifier la confiance
qui avait été mise en lui.

Devenue veuve, Mme Poisson alla demeurer à
Orléans, afin de suivre l'éducation de son fils. Elle
se retira du monde et vécut dans une profonde
retraite. Toutes ses affections se portèrent sur son
jeune mineur de treize ans. L'avenir de cet adolescent la préoccupait ; elle sentait que tout mainte-

5.

nant à cet égard reposait sur elle, en conséquence,
qu'elle se devait tout entière à son orphelin. Elle
lui fit suivre les cours du collège. Son premier
dessein avait été de le mettre au petit séminaire,
mais le jeune Charles ne s'y prêta pas. La trempe
de son caractère demandait une éducation libre.
Quoique jeune, un joug imposé lui était insupportable. L'indépendance de son âme avait percé dès
ses plus tendres années. L'éducation du collège
convenait donc à ses idées et à son humeur. Il en
suivit les cours comme externe. Mme Poisson,
mère sage et qui connaissait l'esprit déterminé de
son fils, ne le contraignit pas. On lui conseillait de
violenter cette volonté; elle s'y refusa, elle se con-
tenta de surveiller: elle fit bien, car elle eût fait de
son fils un mauvais sujet. En étant tendre mère,
mère faible, si l'on veut, elle fut mère adroite. Elle
fit en cela preuve de jugement. Le fils attacha son
cœur à sa mère: il aimait à vivre pour cette mère
qui avait vécu pour lui, qui surtout avait ménagé,
respecté la susceptibilité, la fierté, l'indépendance
de son âme. Cela a été un grand tact chez elle.
Elle aussi voulait son indépendance dans l'éducation de son fils; elle avait raison: elle n'écouta donc
pas des conseils imprudents.

Le 18 novembre 1826, elle perdit sa mère, qui
mourut à l'âge de 68 ans, à Orléans même, ou
M. Ancest était juge de paix depuis 1815.

Attachée au sort de son fils, Mme Poisson quitta

cette ville en septembre 1827, pour habiter Chartres. Le jeune homme lui avait demandé son consentement afin d'embrasser l'état ecclésiastique;
mais il mit pour condition expresse qu'il entrerait
au séminaire de son diocèse. M^mc Poisson eût
désiré celui d'Orléans : le jeune homme ne voulut
pas plus en entendre parler cette fois que la première.

M^mo Poisson s'occupa peu de poésie durant son
séjour à Orléans. A la douleur de son veuvage se
mêlèrent divers chagrins, son âme sensible eut plus
d'une fois à souffrir, et l'activité de son imagination se tourna du côté de ses afflictions. Elle ne fit
qu'une seule pièce de vers ; ce fut pour la fête de
l'abbé Dubois, son curé, homme qui fut son consolateur, son soutien, et son conseil. Elle en conserva
un précieux souvenir, parce que ce vénérable et
judicieux ecclésiastique jeta en elle les fondements
d'une haute piété qui se développa ensuite de plus
en plus. Son éducation avait été chrétienne depuis
sa première enfance, elle ne cessa pas d'avoir des
sentiments religieux ; mais, vivant dans le monde
et l'aimant, elle ne donnait pas à la piété tout ce
qu'elle aurait pu lui donner, son cœur était
partagé ; il avait, racontait-elle, ses moments de
ferveur et ses moments mondains. Elle disait
encore que les devoirs du ménage ne permettent
pas toujours à une femme mariée ce qu'ils permettent à une femme veuve. L'abbé Dubois lui

avait fait envisager ce dernier état comme un état
saint; elle voulut qu'il le fût en effet, ayant renoncé
à se remarier. Son fils d'ailleurs s'opposait à un
second mariage, car il ne voulait, lui disait-il, ni
d'un beau-père, ni d'une mère qui portât un autre
nom que le sien. Ce désir énergiquement énoncé de
la part du fils influa peut-être un peu sur la détermination de Mme Poisson, car elle savait combien
elle s'aliénerait le cœur du jeune homme. Du reste,
el e n'en manifesta pas la propension : elle avait
aimé assez vivement son mari pour tenir à en garder le nom. Elle fit bien. C'est un des actes de sa
vie qui l'honore le plus. Elle fut épouse aimante,
et elle conserva jusqu'au tombeau sa première
foi jurée, elle fut mère de même. A la mission d'Orléans de 1824, le supérieur des missionnaires, auquel elle s'était adressée, l'avait sondée dans le but
de la déterminer à entrer au couvent. Son fils, on
le mettrait à St Acheul. Elle en parla à celui-ci, qui
l'en détourna. « Quant à moi, — il avait alors
14 ans et demi, — lui dit-il, nul ne disposera de ma
personne sans ma volonté. » Il ajouta « qu'il pro-
voquerait un conseil de famille, si jamais elle entrait
dans un couvent et qu'elle tentât de le mettre sous
la tutelle de quelque ecclésiastique que ce fût ; qu'il
voulait sa religion libre et que rien ne lui fût imposé ; que ce serait le plus sûr moyen de détruire en
son âme tout sentiment religieux. » Ce qui serait
certainement arrivé, si sa mère eût suivi le mala-

droit conseil qui lui était donné. Une femme veuve
doit avant tout élever ses enfants. St-Paul en faisait
une obligation aux veuves de son temps. Mme Poisson avait besoin d'un tel fils, car sa nature vive,
impressionnable, aimante, facile à entraîner quand
elle croyait que c'était le bien, lui eût fait prendre
un parti qui lui eût amené des regrets et des amer-
tumes. L'état religieux n'avait jamais été sa vocation. Son jugement, son intelligence, son cœur même
cédaient à son imagination ; le fils, qui avait saisi
cela, y opposait l'énergie du raisonnement mêlé au
respect et à une affection vive. Que de fois, en diverses circonstances, il eut l'occasion de lui dire :
« croyez-moi avant tout autre, parce que nulle
affection ne vous est sûre comme la mienne, vous
n'en pouvez douter ; tandis que celle des autres,
vous le savez, puisque l'expérience vous l'a montré,
est plus que douteuse. » Le fils découvrait à la mère
l'intérêt, le calcul, la fausseté dans les affections du
dehors, auxquelles elle croyait trop facilement. On
n'aime point comme une mère, c'est vrai ; mais on
n'aime pas non plus comme un fils.

A Chartres, Mme Poisson continua à vivre retirée
du monde. Elle avait rencontré à Orléans dans le
curé de St-Paul un homme de sens et de bon conseil ; elle trouva dans le curé de la cathédrale de
Chartres un homme d'imagination, une âme poétique et expansive. Il devait plus séduire la vive
pensée de Mme Poisson, et il la séduisit plus. M. le

curé Lecomte ne fut pas fâché de faire rencontre
d'un tel esprit, il parlait au sien ; mais il n'y avait
point en lui le sens pratique, ni le cœur du curé de
St-Paul. Sa direction religieuse plut à Mme Poisson ; cependant elle était de beaucoup moins solide
que celle de l'abbé Dubois ; en outre, l'intérêt était
moins grand et moins réel ; tandis que le curé de
St-Paul aimait froidement, mais fortement. Les esprits ardents sont peu constants dans leurs affections, ils aiment à la légère, une impression nouvelle efface une impression précédente. M. Lecomte
poétisait la piété, alors l'imagination y avait grand
jeu ; M. Dubois la rendait positive, il la faisait plus
solide, il n'y avait point d'imagination.

Au bout d'un an de séjour à Chartres, la circonstance d'un nouveau logement et ensuite la
poésie lièrent Mme Poisson avec une société qui, par
la position et par le ton, était semblable à celle de
sa jeunesse. Elle n'eut avec cette société que des
rapports restreints, ne voulant point rentrer dans
la vie du monde. On l'apprécia bien vite, on la reconnut femme d'esprit et d'une éducation distinguée, malgré la simplicité de sa mise et de sa
manière de vivre. Elle eût pu mettre plus à profit
pour l'avenir de son fils ses relations nouvelles,
mais elle n'était pas de ces natures qui savent in-
triguer, et cependant, pour réussir et parvenir, il
faut être un peu intrigant. C'est un des vices et un
des malheurs de notre état social, car l'intrigue

abaisse les caractères, les rend faux et souvent per-
fides. Les âmes douées de sentiments élevées la dé-
daignent, la jugeant un moyen avilissant et honteux·
Mme Poisson avait une telle âme, et c'est à sa louange.

Arriva la révolution de 1830, elle en fut très
épouvantée : la réaction anti-religieuse de cette
époque lui rappelait le temps désastreux de la Terreur. Son fils portait l'habit ecclésiastique, elle
elle tremblait, se grossissait le danger des fureurs
populaires. Le clergé était alors attaqué principalement à cause de ses fautes sous la Restauration ; il avait prêté son concours afin de combattre
le libéralisme, le libéralisme triomphant lui fit sentir
sa victoire : les insultes se produisirent de toutes
parts, et il y eut des excès anti-religieux de commis.
Il en arrivera toujours ainsi, lorsqu'on mêlera la
religion à la politique.

Si la révolution de juillet la mit dans ce trouble
maternel, elle ne la surprit pas; elle l'avait si non
prévue, du moins pressentie. Le renvoi du ministère Martignac avait été à ses yeux une faute politique, et le ministère Polignac une seconde faute.
Avec ce dernier, le parti ultra était au pouvoir : or,
les idées et les vues de ce parti, à son jugement, se
trouvaient en opposition, non point avec l'opinion
publique, mais avec l'esprit public : car on peut
dire qu'en France, par la multiplicité des partis
depuis 1789, il n'exsite réellement pas d'opinion
publique. En outre, elle n'avait aucune confiance

dans la capacité de M. de Polignac, ni dans celle de
Charles X, qu'elle considéra toujours comme un
esprit léger, superficiel, courtois, mais rien de
plus. Il était, d'après son dire, le représentant de
la galanterie chevaleresque de la haute aristocratie du XVIII° Siècle, aristocratie pleine de légèreté
dans les idées, sans principes, voltairienne par
mode, et même par incrédulité, à qui les philosophes
de l'époque ne déplaisaient nullement, dont elle
acceptait volontiers les sophismes, si favorables à
la dissolution des mœurs de la Régence et du règne
de Louis XV. Mme Poisson ne reconnaissait donc
dans Charles X qu'un prince courtois, mais sans
aucun fonds sérieux. Il était, en plus, resté le chef
du parti qui, revenu de l'émigration, rêvait le retour
de l'ancien régime, rêve, pensait Mme Poisson, inexé-
cutable, et qui faisait courir en plus un réel danger à la monarchie de 1815. Elle jugeait que, de
fautes en fautes, le trône de Charles X arriverait à
une chute. Son désir cependant était que la monarchie restaurée restât. Elle conversait souvent de
toutes ces choses avec son fils.

Lorsqu'au printemps de 1830 la lutte s'était de
en plus accentuée, elle communiquait volontiers ses
craintes. A cette occasion, un ecclésiastique haut-
placé et du nombre des ultra-royalistes, lui répondit: « Pourquoi ces alarmes? Et le   queur d'Alger? » En racontant ceci à son fils, elle haussait
les épaules d'un pareil aveuglement. En effet, la

lutte était arrivée à un point tellement aigu, que la prise d'Alger, glorieuse en elle-même et un avantage pour la France, avait laissé froid l'esprit public.

Mme Poisson trouva la même aberration politique dans le marquis de Prunelé, ancien émigré, très fier de ses quartiers de noblesse et aussi pointilleux à leur sujet que le duc de St-Simon l'était sur les privilèges des ducs et pairs. Le marquis de Prunelé était donc de toutes pièces l'homme de de l'ancien régime, mais sans morgue et sans insolence, l'émigré qui n'avait rien oublié, ni rien appris, entendant qu'il ne fût fait aucune concession aux idées inaugurées en 1789, au fond excellent homme, qui, ainsi qu'il le disait, avait parfois la maladresse de commettre des crâneries à la cour, où il avait entrée et rang en vertu de ses quartiers de noblesse. M. Poisson était son notaire et gérait ses propriétés de St Germain-le-Désiré, ancienne demeure seigneuriale de ses aïeux. Soit en allant soit en revenant de Paris, se rendant à son château de Moléans près de Châteaudun, il avait l'habitude de s'arrêter un, deux et trois jours dans la famille Poisson, où il trouvait dans Mme Poisson la femme de bon ton des salons aristocratiques, dans Mlle Poisson aînée une personne spirituelle, gaie, gracieuse dans ses manières, d'une piété poussée jusqu'au scrupule, sévère pour elle-même, d'une indulgente charité pour les autres, et dans M. Poisson

un homme de grand sens, qui souriait des idées
excentriques du marquis en les racontant à Mme Pois-
son. M. de Prunelé conserva bon souvenir de|cette
famille où il était si bien reçu: aussi chaque fois
qu'il venait à Chartres, il n'hésitait pas à monter les deux escaliers qui conduisaient au modeste
appartement de Mme Poisson. Lors donc qu'en une
visite, celle-ci lui fit part de ses appréhensions sur
la tournure que prenait la lutte engagée entre le
roi et les chambres, qu'on allait à une révolution,
il répondit : « Tant mieux, tant mieux, point de
concession, les concessions ont perdu Louis XVI,
il faut que le roi ait le dessus. C'est à la nation à
céder, et non au roi. — Mais, M. le marquis, est-il
sûr d'avoir le dessus ? — Cela me paraît douteux. »

    Mme Poisson, en racontant cette conversation
à son fils, lui dit : « C'est vraiment de gaieté de
« cœur que les ultra-royalistes perdent la monar-
« chie. Ils ne veulent pas voir que les idées ont
« grandement marché depuis 1789. Pour dire cela,
« ajoutait-elle, c'est que, depuis mon adolescence, j'ai
« suivi avec attention la marche de la révolution
« et des esprits. Je ne suis pas de ceux qui veu-
« lent abonder dans leur sens et juger d'après
« cela ; je veux juger avec lumière ; j'observe, je
« ne me fais pas d'illusion, quoique cela me serait
« agréable. » Par cette haute manière d'apprécier
les choses qu'elle faisait connaître à son fils,
Mme Poisson se proposait de former son fils encore

jeune et sans expérience. Elle lui recommandait surtout l'étude de l'histoire, moyen de juger les hommes et de juger sûrement les affaires hu-, maines. La connaissance des hommes, lui disait-elle encore, est extrêmement nécessaire pour la conduite de la vie.

M. de Prunelé avait connu l'abbé Poisson enfant, il lui portait un certain intérêt, il insista à plusieurs reprises pour que Mme Poisson l'envoyât au séminaire de St-Sulpice. Il disait qu'il n'était pas convenable qu'il fît ses études ecclésiastiques dans un séminaire de province, au milieu d'enfants de paysans sans éducation. Il ajoutait qu'en mère sage elle devait songer à l'avenir de son fils ; que le séminaire de St-Sulpice lui ouvrirait la carrière, et qu'une fois la carrière ouverte on le pousserait. Mme Poisson goûtait peu cette manière de voir ; cependant elle en parla à son fils, sans rien lui témoigner de ce qu'elle pensait. Celui-ci lui répondit :
« Du tout, je ne vais pas au séminaire de St-Sul-
« pice, je reste au séminaire de mon diocèse. Ce
« n'est pas par ambition que je me fais prêtre. Si
« j'eusse eu de l'ambition, je n'aurai pas embrassé
« l'état ecclésiastique. Je ne cherche pas, je ne
« chercherai pas les dignités du sanctuaire ; si elles
« m'arrivaient, je les accepterais ; si elles ne me
« viennent point, je m'en passerai très bien. D'ail-
« leurs j'estime autant, s'il a l'esprit sacerdotal,
« un petit curé de campagne qu'un curé de cathé-

« drale, et même plus, car sa vie, si elle n'est une
« vie de sacrifice, est pour le moins une vie d'ab-
« négation complète ; il est inconnu, délaissé,
« obscur, n'ayant pas l'éclat qui entoure plus ou
« moins le dignitaire ecclésiastique. » Mme Poisson
fut très satisfaite de cette réponse. « Il me déplai-
« rait, dit-elle, de voir en toi des vues ambitieuses.
« On doit se faire prêtre pour Dieu et non pour
« soi. »

En une autre circonstance, l'abbé Poisson se prononça de la même manière dans le salon de
M. Poisson de l'Institut, à la Sorbonne, où le savant
était logé comme doyen de la faculté des sciences.
Ce fut en janvier 1838. On avait proposé à l'abbé
Poisson une place à Paris ; il avait accepté l'offre.
Mais, au lieu de la place dont on lui avait parlé, on
lui en désigna une autre. L'abbé crut ne devoir pas
l'accepter. M. Alfred de Wailly, gendre du savant,
dont il avait épousé la fille aînée, conseilla à l'abbé
Poisson, le pressa même d'accepter: « Acceptez
« toujours ; une fois que vous aurez le pied dans
« l'étrier, nous vous pousserons. » — « Mon cher
« parent, si je venais à Paris, je n'y viendrais certainement pas par ambition : la place qu'on m'offre au
lieu de celle dont on m'avait parlé et pour laquelle
j'avais donné mon consentement, ne me convient
pas, je m'en retourne. » En effet, l'abbé Poisson
revint immédiatement à Orléans, où il refaisait sa
santé altérée. Sa mère approuva sa détermination

et sa réponse: car elle pensait toujours que l'ambition ne devait pas être le mobile de la conduite
du prêtre, et déclarait nettement à son fils qu'il lui
déplairait de le voir arriver par ce moyen. Ce sentiment si chrétien prouvait l'élévation de l'âme chez
Mme Poisson: l'abbé en était heureux et fier. De
plus, ceci montre avec quel désintéressement elle
avait donné son fils à l'Eglise. Une seule chose, à laquelle elle tint toujours, ce fut que son fils ne perdît
pas les bonnes formes d'une éducation distinguée,
au contact des jeunes séminaristes, qui, bons
jeunes gens en général, n'avaient point ce vernis,
comme elle l'appelait, ce vernis nécessaire, l'éducation. Elle tenait en outre, que son fils fût en rapport avec la société bien élevée ; car, lui disait-elle,
ce n'est que dans la bonne société qu'un jeune
homme, qu'une jeune fille se forment aux bonnes
manières. Elle ajoutait : « On peut n'être pas riche,
« on peut être dans une position inférieure, mais
« on doit toujours être un homme bien élevé. » C'est
ainsi qu'elle s'appliquait à maintenir dans le jeune
séminariste et le jeune prêtre la bonne éducation
du toit paternel. Son fils l'écoutait avec respect et
avec plaisir: les sentiments de sa mère répondaient
aux sentiments de son âme.

Mais revenons aux événements de 1830. Mme Poisson vit avec douleur la monarchie de 1815 disparai-
tre, et disparaître à cause de ses fautes politiques.
Telle était son opinion, qu'elle n'affirmait pas d'une

manière aussi nette dans le milieu légitimiste où
elle vivait, dans la crainte de froisser ou de cho-
quer : car le parti extrême n'admettait pas les fautes,
ni les aberrations politiques de la branche aînée.
La branche cadette n'avait pas pour cela ses sympathies : elle n'était pas orléaniste, elle ne le fut
jamais : cependant elle n'était pas positivement et
surtout systématiquement opposée au gouvernement
de juillet : elle ne l'aimait pas, voilà tout. Elle déclarait nettement que le devoir du Duc d'Orléans aurait
été de suivre, lui Bourbon, sa famille en exil, ou d'accepter la lieutenance du royaume seulement jusqu'à
la majorité du Duc de Bordeaux, de remettre alors
l'autorité entre les mains de ce prince, après l'avoir
élevé dans les principes appelés, par le fait des
révolutions, à régir la société moderne, le passé
n'étant plus possible. C'est ainsi qu'elle jugeait la
situation en 1830. Elle avait suivi, avec attention,
depuis son adolescence, le mouvement politique et
le mouvement religieux, et elle s'en expliquait ou-
vertement dans ses conversations avec son fils.
Elle voulait habituer le jeune homme à observer, à
suivre le mouvement social, à se garder des illusions de l'esprit de parti qui, selon elle, font faire
si souvent fausse route, en politique comme en
religion. En un mot, elle n'aimait pas les hommes
de parti, soit en religion, soit en politique, parce que
les partis sont aveugles et passionnés; il y avait en
ceci, à coup sûr, un grand sens. On pouvait certes

profiter avec cette femme aussi intelligente qu'instruite. Poursuivons.

Mme Poisson avait un autre sujet d'épouvante et
de trouble. Son fils avait été de la conscription en
mars 1830 ; on avait tiré pour lui, on avait amené
un mauvais numéro. Sur le conseil du maire de
Chartres, M. Billard, Mme Poisson avait consenti à
ne point faire valoir pour le jeune conscrit le titre
de fils unique de femme veuve, mais seulement celui d'ecclésiastique. Elle s'était proposé en cela une
bonne action, celle de mettre à couvert le jeune
homme qui eût été appelé, par son numéro, à remplacer l'exempt de droit. M. Poisson, n'ayant nullement l'intention de rentrer dans l'état laïque, ne
s'était nullement occupé de cette affaire, il avait
laissé agir sa mère comme elle avait voulu. Il fut
donc porté sur les cadres de l'armée. Arriva la révolution de juillet ; Mme Poisson, prompte à s'alarmer, appréhenda la fermeture des séminaires à la
suite du bouleversement politique. Elle voyait déjà
son fils militaire et à la frontière pour combattre
l'étranger dans une conflagration générale. Cette
pensée la torturait, d'autant plus qu'en cette affaire
elle avait agi sans consulter le jeune homme. Celui-
ci ne lui en faisait aucun reproche, la rassurait
même : il ne voyait point les choses aussi en noir
que sa mère les voyait. Celle-ci s'irritait presque du
sang-froid de son fils.

L'année suivante, le 17 mai, elle perdit son père,

à qui le gouvernement de juillet avait enlevé sa place de juge de paix. Il avait 85 ans et était encore plein de vigueur.

En 1832, ce fut le choléra qui vint effrayer de nouveau son cœur de mère; l'abbé Poisson eut une légère atteinte de la maladie, qui dégénéra aussitôt en suette.

A peine rétabli, l'abbé Poisson fut ordonné prêtre et envoyé comme curé desservant à Oinville-St-Liphard, village à 4 kilomètres de Janville. Sa mère voulut l'y suivre. Oinville était en rase campagne, en pleine Beauce, par conséquent sans eau, sans bois, sans prairies, sol triste pour l'imagination : aussi un tel site ne convenait pas à la nature d'âme de Mme Poisson. En outre, l'isolement n'allait en aucune façon à son esprit expansif. Son affection de mère l'emporta sur toute considération. Elle s'arracha à grand regret de Chartres, où elle avait contracté de douces habitudes et formé d'agréables liens de société, en sorte que la campagne et la Beauce ne lui parurent que plus tristes. Elle s'y ennuyait, et son ennui allait jusqu'à la rendre malheureuse. Son fils n'osa pas la contrarier dans sa détermination de quitter Chartres et d'habiter Oinville avec lui; il craignait de froisser, de blesser son cœur de mère. Il jugeait cependant plus sage qu'elle fixât sa demeure à Chartres et qu'elle vînt chaque année passer une partie de la belle saison dans les monotones plaines de la Beauce où se

trouvait, en son fils, l'objet de ses affections. Chartres lui était cher ; elle le regretta, et ce regret la
suivit jusqu'à la tombe. C'est pourquoi elle eût
mieux fait d'y rester, et même dans l'intérêt de son
fils. Elle n'eut pas le courage de se séparer de lui,
cela aurait trop coûté à son cœur.

Elle fut à même de connaître en cette circonstance la valeur des hommes. Séduite par des paroles, elle croyait à leur sincérité, bien plus à leur
dévouement ; il lui fallut de nouvelles épreuves afin
d'apprécier dans toute son étendue ce qu'ils valent
et d'être parfaitement éclairée sur leur langage
trompeur, leur égoïsme, sur leur indifférence parée
souvent du nom de dévouement. Que de belles choses on rencontre sur leurs lèvres ! Que de vilaines
dans leur cœur ! C'est sottise et duperie de croire
à leurs paroles. Rien n'est rare comme les grandes
âmes et les cœurs généreux. Mme Poisson fut af-
freusement trompée par l'un de ces beaux diseurs ;
elle se refusait à voir que la manière d'agir démentait les paroles ; qu'il n'y avait rien de dévoué dans
un cœur froid, dans une âme vaniteuse, rien de
sincère dans un esprit formé à une école où l'intrigue et la fausseté se trouvent mêlées à la religion,
où ne sont négligés ni les grands ni les petits
moyens pour arriver au succès de l'intrigue. Mme
Poisson à ce sujet se plaisait à se faire illusion. Son
fils, qui craignait toujours de blesser son cœur, mé-
nageait le plus possible sa méprise. Celle-ci était

6

grande. Lorsque la fausseté du sentiment et la perfidie de la conduite furent arrivées à un tel point où
il n'était plus possible de se taire, son fils lui fit
connaître entièrement sa pensée ; jusque là il l'avait
tenue captive par dévouement et par égard, il savait qu'il allait porter un grand coup. Il fut précis,
lui montra tout ce qu'avaient d'odieux les procé lés
dont elle était dupe depuis de longues années, il
usa d'autorité pour éloigner définitivement ce qui
avait été le sujet du tourment de son âme. Il
aurait voulu lui épargner une telle douleur, mais
d'impérieuses circonstances s'y opposèrent. La
plupart des hommes que sont-ils en réalité ? Des
égoïstes conduits par leurs intérêts, souvent des
fourbes, presque toujours des menteurs, plus ou
moins des ambitieux et des intrigants, rarement
des amis sincères, jamais dévoués dans toute l'ex-
tension du mot; ils oublient facilement ; on les voit
joindre l'ingratitude à l'oubli, et parfois mettre
l'hostilité à la place de la reconnaissance, c'est ce
que l'abbé Poisson répétait à sa mère dans leurs
conversations intimes. Il lui en apportait des preuves par divers faits palpables, saillants, excluant
tout doute. La vie sociale est d'ordinaire une grande
comédie, à laquelle se mêle plus d'une fois le tragi-
que. Mme Poisson apprenait de nouveau ce que
peut-être jusque-là elle ne savait pas assez, la
méfiance qu'on doit avoir des hommes, le peu de
fonds qu'il faut faire sur eux, le dédain qu'ils méri-

tent, le mépris dont bien des fois ils sont dignes.
C'est incontestablement la part qu'on ferait au
grand nombre parmi eux, si la charité chrétienne
ne commandait de les supporter et ne contraignait
de mettre un voile devant l'évidence, de supposer
le bien tant que le mal n'est pas prouvé. Cette connaissance des hommes est très essentielle pour la
conduite de la vie et pour le rapport qu'on est
obligé d'établir avec eux; d'ailleurs elle porte à
Dieu seul, puisqu'on voit dans les affections humaines si peu de sûreté, tant d'illusion et de tromperie.
Qu'aperçoit-on encore sur cette scène mobile de la
vie présente? La richesse et le pouvoir encensés
courtisés, en même temps jalousés, dénigrés, haïs.
Le mérite réduit à lui-même n'est rien : pour pros-
pérer il faut qu'il soit joint à l'intrigue. Mais alors
il n'est plus le mérite, il est le talent ambitieux,
médiocre souvent comparativement à la place occupée. A ce langage, Mme Poisson avait appris à se
défier des réputations, dûes, la plupart du temps, à
la vogue irréfléchie, à une circonstance de position
ou d'engouement, à l'esprit de parti, quelquefois à
l'audace d'une ambition secrète.

Femme instruite et d'esprit, on pouvait parler
politique et histoire avec elle. Elle racontait avec
intérêt et fort bien ce qu'elle avait vu du mouvement révolutionnaire des esprits en 89 et en 93; elle
le comparait avec beaucoup de sens au mouvement
de 1830 et de 1848; puis elle en tirait des conclu-

sions historiques et politiques de la plus grande jus-
tesse. C'est là qu'elle se montrait femme supérieure
en ses jugements.

Ces conversations intimes, poussées à Oinville,
jusqu'à onze heures et minuit, diversifiaient pour
elle les effroyables ennuis qu'elle éprouvait en ce
village, mais ne les dissipaient pas. Elle y ajoutait
la musique et la poésie. Elle avait conservé le beau
timbre de sa voix : il s'altéra au sortir d'Oinville.
Dans les dernières années de sa vie, il devint ca-
dencé, même dans la simple parole.

La santé de son fils s'étant dérangée, elle quitta
avec lui la campagne, séjour pour lequel elle se
sentait une horrible aversion. Elle l'accompagna
à Orléans, mais sans grande joie : ses regards
étaient tournés vers Chartres. C'était en avril 1837.
Un an après, elle parvint à déterminer son fils à
retourner dans la ville favorite et à accepter un modeste poste, service demandé par Mgr Clausel avec
des promesses que celui-ci n'a pas tenues. Le retour
à Chartres fut pour M⁰ˢ Poisson un sujet d'inex-
primable bonheur. Elle ne se doutait pas qu'elle
courait après de nouvelles et cruelles angoisses.
Elle y retrouva sa société choisie, aimable et ac-
cueillante. Elle l'étendit. Son voisinage surtout était
délicieux : car elle rencontra dans l'excellente famille
Carra de Vaux les charmes d'un réel intérêt. Ce fut
la seule famille à laquelle son cœur resta fortement
attaché jusqu'au dernier jour de son existence. Ce

furent ses dernières affections : tant d'autres avaient traversé son âme et l'avaient trompée ! ! ! ! Elle aimait à double titre cette famille, parce que cette famille aimait son ils et que son fils aimait cette famille. Une vieille dame faisait aussi sa société habituelle, Mme Hoyau, qui, malgré ses 90 ans, avait conservé les charmes d'un esprit naturel et le feu d'une amitié sincère, exellente femme qui avait su s'attirer l'affection de tous les partis, chose difficile, car les partis sont intolérants. Elle avait été de la société intime de Pétion et la dévouée protectrice des royalistes poursuivis et menacés dans leur vie. J'étais aristocrate, disait-elle avec un enjouement spirituel, par les sentiments, et démocrate par la position et l'entourage. Dans ma vieillesse, royaliste par habitude, ajoutait-elle non moins spirituellement, en réalité un peu de tous les partis par amabilité.

Elle avait des anecdotes à raconter et elle était amusante dans sa narration, parfois imagée et caustique. Elle possédait le jargon du monde, et elle en faisait un habile emploi. Sa vivacité d'esprit, à 90 ans, étonnait, on ne se sentait pas d'ennui près d'elle. Telle était Mme Hoyau.

Je nomme les personnes avec lesquelles Mme Poisson se trouvait en relations de société plus ou moins suivies, Mme de La Crossonnière, femme pleine de bonté, M^{elles} de Bernard, Melle de La Chevalerie, Mlle de Reverseaux, dont le père avait péri sur l'échafaud

6.

en 93, Mlle de La Bourdonnaie, Mme de Trimond, et autres de rapports plus éloignés.

Le désir et la pensée entière de Mme Poisson étaient de fixer son fils à Chartres, elle ne le put. Elle eut à ce sujet de grandes illusions : Dieu, dans ses impénétrables desseins, lui réservait cette épreuve. Elle crut à la sincérité de protestations d'amitié et d'intérêt, elle fut cruellement trompée ; les actes démentaient les paroles. Son fils, très clairvoyant sur des agissements déloyaux, ne cessait de l'avertir de ne point s'arrêter aux magnifiques apparences du langage. Il lui répétait qu'il faut juger les hommes par leurs actes, comme on juge des arbres par leurs fruits. Elle s'étonnait de ce qu'il avait un autre sentiment que le sien ; elle l'attribuait à la prévention. L'abbé Poisson n'en avait aucune, il n'avait que de la clairvoyance, et en plus, une détermination bien arrêtée, et énergique au besoin.

Les impressions chez Mme Poisson étaient vives, premier inconvénient ; elle avait, second inconvénient, un besoin irrésistible de les communiquer. Ce besoin la menait à les livrer à la première personne venue, sans même faire attention qu'elle s'ouvrait sur les émotions de son âme plus qu'elle ne devait et plus qu'elle ne voulait. Cependant c'est un grand point, dans le rapport avec les hommes et dans le commerce de la vie, de savoir garder en soi ses émotions : c'est parfois difficile, je l'avoue. Dans les

événements majeurs de la vie, l'agitation de son âme était extrême ; en vain sentait-elle la nécessité du silence pour ses intérêts et pour ceux des siens, il fallait qu'elle mît au dehors ce qui se passai à son intérieur ; c'était comme un bouillonnement en son esprit jusqu'à ce que ce qui y était renfermé eût fait explosion. Souvent elle faisait de violents efforts afin de contenir à l'intérieur le secret de son âme, mais elle n'y parvenait pas. Elle en devenait malade ; la guérison était un épanchement du cœur, où elle livrait ce qui aurait dû être gardé dans la pensée. Il y a dans chaque nature des besoins impérieux qui exigent une contrainte inouïe pour être domptés, encore n'y parvient-on jamais entièrement. Ceci, sans contredit, était chez Mᵐᵉ Poisson un véritable défaut, le seul peut-être, car elle était franche, bonne, aimante, généreuse, élevée dans ses sentiments. C'était plus qu'un défaut, c'était un malheur, puisqu'ainsi elle ne connut jamais la paix et le calme de l'âme. Elle s'exagérait tout ; de cette manière elle était ingénieuse à son propre tourment ; et son tourment faisait celui des personnes avec lesquelles elle vivait. Il était pénible de la voir se créer des fantômes sur les choses présentes comme sur les choses à venir ; elle avait continuellement de fatales et tristes prévisions, dont l'issue était meilleure que ne se l'était faite son imagination.

Elle pardonnait facilement, mais elle n'oubliait pas. Elle revenait avec trop d'insistance sur les torts pas-

sés : ces redites provoquaient de nouvelles contesta-
tions,des désaccords et des fâcheries. Ceci tenait à
l'ardeur de son esprit qui travaillait sans relâche : son
cœur n'y était pour rien. Hélas ! on ne fait pas plus
la nature de son âme que celle de son tempérament,
l'une et l'autre vous restent toute la vie. Mais la foi
venait merveilleusement en aide à Mme Poisson
dans les circonstances pénibles. Elle eut en une
d'elle une énergie qui n'était pas dans son caractère,
car elle ne savait pas prendre de grandes et fortes
déterminations : son esprit était toujours flottant,
toujours agité. Elle fut profondément blessée dans
ses affections de mère : or, s'attaquer à son fils, être
injuste envers lui, c'était la toucher à la prunelle de
l'œil. Elle se montra donc pleine d'énergie, de dignité et de convenance en une occasion grave où
l'abbé Poisson fut en butte à l'arbitraire, à l'injustice, à un acte violent aussi inconsidéré qu'il fut inu-
tile. En effet, l'abbé Poisson tint ferme, quoiqu'i
sût bien qu'il y a des armes inégales, ou, pour mieux
dire, une faiblesse de position d'une part et une puissance d'autre part qui empêchent de sortir victo-
rieux d'une lutte, quel que soit le bon droit. Mais,
lorsqu'on a eu assez le sentiment de sa dignité
d'homme pour se laisser plutôt briser que de se
courber sous le joug de l'arbitraire, on peut succomber, cependant on demeure honorable et digne.
La mère, préoccupée de l'avenir du fils, engageait
néanmoins celui-ci à mettre un certain tempérament

dans sa résistance, qu'elle regardait, c'était vrai, comme une source de persécutions, du moins de vouloir hostile, ou comme un obstacle à la faveur du pouvoir. Tout ce qu'elle put obtenir, ce fut que son fils quittât Chartres et retournât à Orléans. L'abbé lui fit à regret cette concession ; car son intérêt, en quelque sorte son devoir de lutteur, était de rester à Chartres. A une mère, si l'on refuse sur un point, on accorde sur un autre : cela est de la piété filiale. Après avoir tenu suffisamment tête à l'arbitraire, Mme Poisson et son fils se retirèrent à Orléans, où l'abbé Poisson avait accepté une place de vicaire, condition qu'il avait posée à son retour en cette ville.

La santé de Mme Poisson s'était altérée d'une manière notable de 1841 à 1843. Il ne pouvait guère en arriver autrement avec l'activité fiévreuse de son imagination et les cruelles épreuves des dernières années. Le séjour d'Orléans fut triste pour elle : elle avait laissé à Chartres de bonnes affections, elle ne pouvait les retrouver en une ville qui lui était devenue comme étrangère et où l'on se circonscrit dans le cercle étroit de la famille et tout au plus de quelques privilégiés. D'ailleurs elle était souffrante ; de plus, les diverses contradictions par lesquelles elle avait passé, les chagrins et les peines qui l'avaient assaillie lui firent chercher l'isolement. Quand on a eu d'immenses déceptions et de grandes douleurs de cœur, il arrive un moment où l'on a

dégoût des hommes, où l'on se plaît à vivre avec
soi-même : Mme Poisson en était là ; aussi elle ne
cherchait pas le monde. Il y avait au fond de son
âme une souffrance qui ne devait cesser qu'avec la
vie. Elle se nourrissait de tristesse et de dégoût.
La pensée seule de Dieu la soutenait.

En cet état de souffrance morale, Mme Poisson
tomba malade d'une fièvre muqueuse, vers le milieu
de mai 1848. Elle fut menacée dans son existence·
De ce moment elle entra dans la vieillesse avec les
infirmités qui l'accompagnent, avec la décroissance
des facultés intellectuelles, qui en est la suite. Il n'y
eut plus chez elle la même énergie, ni la même
supériorité d'intelligence : mais il y eut toujours la
même ardeur d'imagination et la même lucidité
d'esprit. Tout lui devint à ennui et à dégoût. Son
âme, se repliant sur elle-même, fut indifférente aux
événements de la vie. Son cœur, froissé tant de fois
dans ses affections, finit par n'avoir plus d'élan
pour personne. Elle avait été si trompée dans ceux
auxquels elle avait prodigué son affection, qu'elle
était dans une crainte incessante de l'être encore :
c'est là ce qui avait fermé son cœur. Un tel état est
pénible, il anéantit toutes les puissances de l'âme ;
il jette dans le désespoir, si l'on n'a pas Dieu pour
appui. Sans doute elle avait été trompée ; mais elle
avait toujours commis la faute de juger des sentiments des autres sur les siens propres, de se croire
aimée comme elle aimait : grave erreur. Est-il

jamais arrivé que le cœur d'autrui répondît en tout
à notre cœur, eût les même battements? hélas! nous
aimons, et souvent nous ne sommes point aimés,
ou que faiblement. Le cœur humain est chose sur
laquelle il ne faut pas compter : ceci est assurément
une des grandes douleurs de notre existence.

La vieillesse souffrante de Mme Poisson fut donc
chagrine. L'isolement en fut un peu la cause, car
sa nature ne la rendait pas propre à vivre dans la
solitude, elle y répugnait entièrement. Cependant
ceci était inévitable avec les fréquents changements
de lieu de résidence. On ne recherche pas une inconnue et une infirme.

Sa dernière joie fut de venir habiter sur le quai
de Recouvrance. Le mouvement du fleuve et de
ses abords la distrayait ; car elle ne pouvait plus
sortir, ni travailler, ni faire de lecture : le mal, qui
était une tumeur à l'estomac, faisait de rapides
progrès, ignoré en sa nature jusqu'en 1850, mais
existant de longue date. Il la mit dans un état d'ir-
ritabilité considérable, au point qu'elle devint très
difficile à soigner dans les derniers temps de son
existence, prenant chacun en grippe.

Elle avait toujours eu une extrême frayeur de
la mort, elle en avait été sans cesse préoccupée,
aussi, au milieu de ses souffrances et de son dépé-
rissement, cherchait-elle à se faire illusion, quoiqu'elle sentît la gravité de son état. On la voyait
nourrir des espérances parmi les prévisions de sa

fin prochaine ; rude combat, plus pénible pour son fils que pour elle, car, en somme, elle ignorait la vérité au sujet de son mal, tandis que son fils la savait par le médecin. Or, il n'y a rien de plus cruel que de se dire à l'égard de l'état de santé d'une mère : il n'existe plus d'espoir ; en outre être forcé de paraître l'ignorer complètement, et cela durant cinq mois.

Mme Poisson se leva jusqu'au 15 septembre, le dimanche qui précéda sa mort, car elle eut de la force d'âme jusqu'au bout. Le vendredi 13, elle avait réglé d'une main mourante le compte courant de sa dépense. Ce fut son dernier écrit. Le lundi 16, elle reçu le sacrement d'eucharistie, sur les instances de son fils. Elle ne comprit la gravité de son état que le mardi 17, jour même de sa mort ; elle vit que celle-ci avançait à grand pas. Elle avait, du reste, répété bien des fois qu'elle ne passerait point le mois d'octobre. Ce n'était qu'une prévision, puisqu'elle parlait du printemps prochain. Comme tout malade, elle se berçait d'espérance au milieu de la réalité. Cependant, à cette heure suprême où ses souffrances intérieures l'avertissaient d'une fin qui ne pouvait tarder, elle comprit que la mort allait l'arracher à son fils qu'elle avait tant aimé : ce ne fut donc point sans un effort immense qu'elle dit, sur les huit heures du matin, à ce fils, auquel elle avait présenté son pouls à tâter : « mon cher, il faut nous dire adieu, il faut nous séparer. » Son pouls

qui était d'une faiblesse extrême monta aussitôt et
battit avec force ; il annonça à ce fils ce qu'il y avait
d'émotion dans l'âme d'une mère puissamment aimée et qu'il fallait quitter à jamais pour la terre.
Vainquant la nature, ce fils maîtrisa son émotion,
afin de ne point briser le cœur de sa mère à cet adieu
solennel. Il alla vers la fenêtre, pour donner cours
à ses larmes et les essuyer. Non, rien n'est pareil
en douleur aux adieux d'une mère à laquelle on
avait consacré son existence. La blessure que cela
fait au cœur ne se ferme jamais ; elle devient la
secrète souffrance de l'âme parmi les nombreuses
épreuves qui viennent troubler l'existence humaine ;
elle jette sur les joies un voile de tristesse. La mort
et la séparation !!! deux grandes douleurs.

Mme Poisson prévoyait donc sa fin prochaine ;
mais, comme tous ceux qui l'entouraient, elle ne
pensait pas que ce serait le jour même. Vers les
cinq heures du soir elle reçut les derniers soins de
son fils, de concert avec une excellente et admirable religieuse, sœur St-Bernardin, qui mourut, un
an après, de la poitrine. Une demi-heure à peine
écoulée, un vomissement considérable de sang
putréfié la fit entrer en agonie. Son fils était descendu pour dîner ; à un violent coup de sonnette, il
remonta, prit sa mère entre ses bras, la soutint
pour la ranimer et la rappeler à la connaissance,
afin de lui faire recevoir le sacrement d'extrême-
onction. A peine ce sacrement administré, elle parut

7

perdre avec l'usage des sens toute conscience de ce
qui se passait autour d'elle. La vie s'éteignit peu à peu
dans cette femme épuisée par une longue souffrance;
elle s'éteignait non cependant sans un violent effort,
à en juger par le battement rapide et très fort du
cervelet, battement que son fils sentait à travers
deux oreillers, en soutenant sa mère mourante.
Elle cessa de vivre sans qu'on s'aperçût du moment
précis, vers les sept heures du soir, le mardi 17
septembre 1850. Elle était âgée de 71 ans, 10 mois
et 3 jours. Elle fut exposée sur son lit de mort le
visage découvert. Elle y semblait dormir d'un
calme sommeil : ses traits s'étaient recomposés, à
tel point que quelques-uns de sa jeunesse reparurent, ainsi qu'on en pouvait juger par son portrait.
Elle demeurait sur le quai de Recouvrance n° 20;
la cérémonie funèbre de son inhumation eut lieu
en conséquence à Notre-Dame de Recouvrance.
Son corps fut déposé dans le cimetière St Jean contre le mur occidental, vers le milieu. En lui faisant
élever une tombe à perpétuité, son fils y fit graver
l'épitaphe suivante :

Ici repose

Le corps de Louise-Jeanne Ancest, Veuve Poisson
(de Janville)

Née à Paris, le 14 novembre 1778, décédée à Orléans
le 17 septembre 1880.

Son imagination fut vive et brillante. Elle fut femme aimante et poète. Après une longue et douloureuse maladie, elle s'est endormie dans le Seigneur doucement et avec confiance. Son espérance était pleine d'immortalité ; car Dieu l'avait éprouvée de même que l'or dans la fournaise et l'avait reçue comme une hostie d'holocauste.

Passant qui lises cette épitaphe, par une courte et fervente prière, veuilles demander à Dieu de conduire l'âme de ma mère au bonheur.

C'était le souhait d'un fils qui pleurait sa mère. Née sur les bords de la Seine, Mme Poisson vint mourir sur les bords de la Loire. Sa vie s'écoula entre ces deux rives. Son humeur n'était pas aventureuse, quoique l'imagination dominât chez elle l'intelligence et le jugement. Elle sut opposer à l'infortune le courage, sut vivre de peu avec honneur, paraissant dans la retraite comme dans le monde une femme distinguée par l'éducation et de valeur par l'intelligence. Elle eut toujours une idée fort modeste de son talent poétique : elle avait le sentiment de sa capacité, sans en avoir l'orgueil ; elle mettait en tout.

de la simplicité; elle ne connaissait pas la prétention, et elle l'eût évitée par bon jugement. Elle recevait volontiers les leçons de ceux qu'elle reconnaissait lui être supérieurs en littérature. Elle versifiait pour se distraire et non pour la postérité, aussi doit-on lui être indulgent à l'égard de ses poésies. La chanson, comme nous l'avons dit, l'avait d'abord inspirée, uniquement comme amusement de table et de salon. Elle y mêlait la gaieté et le bon mot, parfois un peu malin, jamais méchant. Elle cherchait en cela à plaire, à divertir, à être agréable, et rien de plus. Ses chansons étaient des bluettes d'esprit auxquelles elle n'attachait aucune importance : aussi ne prit-elle aucun souci de les conserver. Elle ne leur reconnaissait d'ailleurs que le mérite de l'à-propos. Devenue veuve, nous l'avons dit, ses pensées se tournèrent toutes vers Dieu.

J'ai cru utile de faire précéder de cette notice la publication de ses poésies, car le lecteur aime à connaître la vie de l'auteur, afin d'avoir plus d'intérêt à en parcourir les œuvres.

FIN DE LA NOTICE.

Note sur Janville

Janville, petite ville de la Beauce d'environ 1,200 âmes, est aujourd'ui chef-lieu de canton du département d'Eure-et-Loir, de l'arrondissement de Chartres, à 36 kilomètres de cette ville, à 34 d'Orléans et à 82 de Paris, du diocèse de Chartres, de celui d'Orléans, avant le concordat de 1802, et de celui de Versailles jusqu'au rétablissement de l'évêché de Chartres en 1821. En 1790, elle fut érigée en district, comprenant les cantons de Janville, de Sainville, Gommerville, Ouarville, Voves, et Orgères. Avant 1789, elle faisait partie de l'Orléanais, était siège d'un baillage dont les appels ressortissaient au Parlement de Paris. Elle avait un grenier à sel.

Ses armes sont *de gueules à la tour d'or, maçonnée, terrassée et crenelée de sable, accostée de deux gerbes d'or.*

Son prieuré portait le nom de prieuré de Notre-Dame ou le prieuré des Roux, seigneurie de la Chandeleur. En 1618, était prieur Michel Grenet, en 1639, Nicolas Lebreton, en 1737, Jean-Baptiste de Pajot, chanoine et grand-archidiacre de Sarlat, en Périgord. Ce prieuré en commende paraît avoir été suprimé à la mort de ce dernier. Il y avait un lieutenant-civil, deux notaires royaux, dont la juridiction s'étendait sur les cinq baronnies dn Perche-Goët ou petit Perche, Authon, Brou, la Bazoches, Mont-Mirail et Alluye. Les deux notaires y allaient chaque année instrumenter pendant un mois.

Cette petite ville, connue au moyen-âge sous le nom d'Yienvilla, Jonis Villa, et qui conserva son nom d'Yenville jusqu'en 1789, bien qu'au XIIᵉ siècle elle portât déjà le nom de Jenvilla, fut fortifiée au XIIᵉ siècle afin de mettre le pays à l'abri des excursions des seigneurs du Puiset, petit château fort bâti sur un boël par la reine Constance,

femme du roi Henri Ier, au commencement de xie siècle.
Ses fortifications, flanquées de plusieurs tourelles, et
leurs fossés ont subsisté jusqu'en 1830, époque où le roi
Louis-Philippe se dessaisit de ses droits, comme duc d'Orléans, en faveur de la ville. Un maire eut alors la malen-
contreuse idée d'abattre les murailles et de combler les
fossés. Un pont donnait entrée à chacune des quatre
portes de la ville, à l'est, au sud, à l'ouest et au nord.
Les fossés étaient entourés d'un parc et de belles prome-
nades. Celles-ci existent encore, mais elles ont perdu de
leur beauté. Il ne restait du château du moyen-âge qu'une
tourelle: elle sert de prison. Le château actuel, construit
au xviie ou xviiie siècle, appartient à la ville. On y a établi
la justice de paix, les écoles, et depuis peu l'Hôtel-Dieu.
L'église paroissiale, dédiée à St Etienne, et sa belle tour
datent du xvme siècle. Le chevet est resté inachevé.

Les deux derniers lieutenants-civils furent M. de Guérineau, père et fils, le premier prévôt, lieutenant civil et
criminel, conseiller du roi; le second, écuyer, lieutenant
général civil et criminel. Il était parent de M. Poisson,
ayant épousé une demoiselle Louise Champeaux, fille de
Nicolas Champeaux et de Suzane Georgeon, sœur de
Marin Georgeon, sieur des Muids (1). Une des filles de
M. de Guérineau, épousa un M^e. Lair, notaire, qui, par
les femmes, descendait de Jean Poisson, souche commune.
Son fils, de Guérineau de St Péravy, né à Janville en
1732, fut poète. Ses poésies sont médiocres. Elles se sentent de la licence des mœurs du xviiie siècle. Il mourut à Liège en 1789. Une autre fille de M. de Guérineau épousa un M. Poullet de Lisle. Leur fils a été
recteur de l'Académie d'Angers sous la Restauration. Sa

---

(1) Les fermes des Muids, de la Humerie, de la Picardie, en qualité de fiefs, donnaient le droit, selon les coutumes féodales, de
prendre le titre de sieur à M. Georgeon.

mère était une femme de beaucoup d'esprit ; elle faisait de charmantes pièces de vers.

Marie-Anne-Louise Georgeon, de la Humerie, née en 1731, épousa M. Poisson, veuf en premières noces d'une demoiselle Bertrand, qui lui apporta en dot l'étude de son père, étude qui venait de son grand-père Bertrand et de son bisaïeul Privé Macé, notaire au commencement du xviie siècle. Avant 1789, on suivait d'ordinaire la carrière de ses pères.

M. Lair avait succédé, comme notaire, à un M. Petit, cousin de la famille Georgeon. Le petit-fils de M. Petit, Gratet-Duplessis, a été recteur de l'académie de Douai sous le gouvernement de Juillet. Il a publié un poème, manuscrit du moyen-âge, composé en l'honneur de Notre-Dame de Chartres, recueil intéressant et rare. Mlle Petit-Sémonville, petite-fille également de M. Petit, épousa M. Le prieur, baron de Blainvilliers, qui a été conseiller-maître à la Cour des comptes, et dont le fils est encore membre de cette Cour.

Un des fils de M. Lair fut un des peintres de la Restauration, mais peintre de 3e ordre. En la dernière guerre, les Prussiens ont détruit son tableau de Jeanne d'Arc, qu'il avait donné à sa ville natale.

En 1770 était lieutenant au bailliage de Janville et conseiller du roi, Louis-Thomas Amy, dont le fils aîné fut, sous la Restauration, second président à la Cour royale de Paris, conseiller d'État, et membre du conseil du duc d'Orléans. Il mourut en 1831. Le musée du Louvre possède son portrait en médaillon, peint sur émail par Madame de Mirbel. Il est très ressemblant.

Son frère puîné épousa une des sœurs de M. Poisson. Leur second fils, Constant, officier de marine, fit le tour du monde sur le vaisseau l'*Infernal*, comme second du commandant de Rosamel, fils de l'amiral de Rosamel, ministre de la marine sous Louis-Philippe. Ce voyage dura quatre ans. Il en a laissé le journal, qui jusqu'ici n'a pas été publié. Il mourut à Venise le 28 mai 1855 dans un voyage d'agrément. Son dernier frère, veuf aujourd'hui d'une des filles de M. Dupré, sous-préfet de Provins et démissionnaire en 1830, est encore vivant et président du tribunal de cette ville. Il est né à Paris.

Est encore né à Janville, et est plus connu, le poète Colardeau, de l'Académie française, le 12 octobre 1832. Son père était receveur du grenier à sel. Il le perdit à 13 ans, fut élevé par son oncle maternel Regnard, curé de Pithiviers. Il commença ses études chez les Jésuites d'Orléans, les continua au collège de Meung, et alla faire sa philosophie au collège de Beauvais. Il mourut à Paris le 17 avril 1776.

Janville a aussi vu naître M. Vincent, fils du notaire de ce nom, membre de la société des arts, des sciences et des lettres d'Orléans. Il a fourni plusieurs travaux à cette société, entre autres une notice sur Pierre de La Brosse, chambellan de Philippe-le-Hardi. Il a laissé de volumineux documents pour l'histoire de Janville, que son gendre, M. Jarry, savant paléographe, se propose de publier, la mort n'en ayant pas donné le temps à son beau-père.

J'ai ajouté cette note, dans la pensée qu'elle pouvait avoir de l'intérêt, aujourd'hui où l'on recherche tous les anciens souvenirs, moyen-âge, renaissance, ancien régime.

ERRATA

Lire pages 2, 15 et 16 de Verteillac, au lieu de *Vertil-lac*, comme le prononçaient et le prononcent encore les habitants de Dourdan.

De la Brousse, marquis de Verteillac. Son château s'appelait et s'appelle encore le château du Parterre, pour le distinguer du château féodal, propriété du duc d'Orléans, qui en 1789 était seigneur de Dourdan. Il eut son château confisqué comme émigré Il lui fut rendu à la Restauration. Il le vendit alors à la ville de Dourdan, qui en est restée propriétaire.

Lire page 2. Revel, au lieu de *Rével*.

Mademoiselle de Verteillac épousa le second fils du maréchal duc de Broglie, Victor François, fait prince de l'Empire par l'empereur d'Allemagne, François Ier en 1759.

Le prince de Revel, né en 1765, mourut dans l'émigration en 1795. Son frère aîné Claude Victor, duc de Broglie, né en 1758, périt sur l'échafaud en 1794. Le duc de Broglie actuel est son petit-fils, par conséquent le petit-neveu du prince de Revel.

Le troisième fils du maréchal de Broglie fut l'évêque de Gand, très connu par ses démêlés et ses luttes avec l'empereur Napoléon Ier et avec le roi de Hollande, Guillaume Ier. Le maréchal eut deux autres fils.

Page 37. dernière ligne, supprimer le mot *enfant*.

Page 89, lire : soit en allant à Paris, soit lorsqu'il en revenait, se rendant à...

7.

OEUVRES POÉTIQUES

DE

MADAME POISSON

VERS
POUR LA FÊTE DE MON FRÈRE

Composés à Étampes

Dans ce jour où l'on s'empresse
A former de tendres vœux,
Reçois ceux de la tendresse,
Charles, sois toujours heureux.
Que du dieu de la victoire[1]
Tu mérites la faveur,
Toujours marchant à la gloire,
Ce sont les vœux de ta sœur.

Que la sagesse te guide ;
Qu'elle marche sur tes pas.
Que de Minerve l'égide
Te couvre dans les combats.
Que la vertu t'environnne ;
Qu'elle règne sur ton cœur ;
Que par elle on te couronne,
Ce sont les vœux de ta sœur.

[1] M. Charles Ancest, frère de l'auteur, était alors militaire.

Que, méprisant la richesse,
Je puisse te voir un jour
Mettre aux pieds de la sagesse
Et tes vœux et ton amour.
Que gentille et douce amie
Puisse faire ton bonheur
En t'aimant toute sa vie
Autant que le fait ta sœur

ou : Qu'elle embellisse ta vie,
Ce sont les vœux de ta sœur.

NUIT PASSÉE PRÈS D'UN MALADE [1]

Impromptu composé à Étampes

O douce nuit, ô nuit tranquille,
Seule témoin de mon bonheur.
Je l'ai trouvé dans cet asile,
Triste réduit de la douleur.
Autour de moi tout sommeille,
Moi, je goûte la fraîcheur.
Mon cœur palpite et s'éveille,
Il allège le malheur.

[1] M. Sourdat, de Troyes, ruiné pour la cause royaliste, habitant alors Etampes. C'était l'avant-veille de sa mort : l'auteur pour alléger ses filles passa plusieurs nuits auprès du malade et en autres celle-ci.

A MON MARI

Impromptu composé à Janville en 1813.

Peut-il entrer en ma pensée,
Tendre époux, que voilà cinq ans
Que l'amour me tient enchaînée
Par un lien doux et charmant.
Tels sont les beaux jours de la vie.
Ils s'écoulent rapidement.
De son bonheur ta douce amie
Se croit être au premier moment.

———

A M. L'ABBÉ DÉMAZURE

Vers à l'occasion de M. l'abbé Démazure, Père de la Terre Sainte,
lequel était venu prêcher à Janville sur l'invitation de la famille
Poisson et chez laquelle il était descendu. Ce fut à la suite de
son carême de 1820 à Orléans.

Dans ce riche pays où l'on voit l'abondance
Verser ses dons brillants sur d'avares crésus [1],
Il existait jadis, ô triste souvenance !
Belle et grande maison, hélas ! qu'on n'y voit plus.
Du canton c'était bien la maison la meilleure,
Offrant à tout venant doux loisirs et secours.
D'une famille aimée elle était la demeure,
Famille dont la Parque a tranché les beaux jours,
Veuille, muse, en pleurant, nous en conter l'histoire :
On saura d'ici-bas le fugitif bonheur,
Que c'est en la vertu qu'il faut chercher la gloire,
La vertu qui du ciel attire la faveur.
Un homme qui de Dieu la reçut en partage
Dans le riche canton devait bientôt passer.
Pourriez-vous, saint apôtre, en la maison du sage
Un peu de vos travaux venir vous délasser,

[1] Allusion aux fermiers de Beauce.

Lui dit un jeune enfant [1] inspiré par sa mère?
Venez nous raconter Sion, Jérusalem,
Et de Gethsémani la grotte solitaire;
Nous parler du Jourdain, de l'humble Béthléem.
L'homme de Dieu paraît; la famille assemblée
Au devant de ses pas s'empresse de courir.
Réjouissance et festin, telle est son arrivée.
De l'heureuse maison tout lui peint le plaisir.
Mais un plus grand pour lui vers le temple l'appelle :
Car l'airain dans les airs son bruit fait retentir.
A ce sublime son tout le troupeau fidèle
Vite des alentours s'empresse d'accourir.
Saint apôtre, pour vous quelle moisson fertile !
Vous connaissez si bien l'art de narrer les faits.
Bon peuple, ouvrez les rangs, et montrez-vous docile :
L'apôtre du Sauveur va dire les bienfaits.
Tu t'arrêtes, ô muse et restes étonnée :
Non, non, tu ne pourrais de ta voix faible encor
Chanter le haut talent, la louange donnée
A cette apôtre ardent à bouche vraiment d'or.
Si ta timide voix ne peut rendre au génie
L'hommage mérité, peins du moins les adieux,
L'émotion, les vœux, qu'ici nul ne renie,
La bénédiction heureux gage des cieux.

[1] Le fils de l'auteur.

VERS SUR LA TOMBE DE MON MARI

Sort cruel, c'est donc ici que repose
L'objet constant d'un éternel amour!
Triste tombeau, de mes pleurs je t'arrose;
Mes faibles bras enlacent ton contour.
Mon cœur te presse; ô terre douloureuse,
Ton froid mortel n'apaise pas ses feux.
Flamme d'amour, pour moi si malheureuse,
Consume hélas! ce cœur si généreux.
Ecarte-toi, terre trop entassée,
Laisse-moi voir tout l'affreux de mon sort.
De mon époux quand je suis séparée,
Sans nul effroi je comtemple la mort.
La voici donc cette tombe profonde
Où pour jamais on vint t'ensevelir:
En t'y voyant que puis-je faire au monde?
Oui comme toi je vais aussi mourir.
Mourir! hé quoi! dans ma douleur j'oublie
Le tendre objet que chérissait ton cœur.
Ce jeune enfant qui charmait notre vie:
Voudrai-je en mourant doubler son malheur¹?

¹ Le fils de l'auteur n'avait que treize ans à la mort de son père.

HOMMAGE

D'UNE PENSÉE,

A M. LE CURÉ DE SAINT PAUL [1]

Composé à Orléans, en 1825.

Permettez que je mêle aux fleurs
Dont on va vous faire l'hommage
Une dont les douces couleurs
Ne pourraient vous porter ombrage.
Sa modeste simplicité
Vous plaira, j'en suis assurée :
Rien ne peint bien la vérité
Comme la naïve pensée.

Pour couronner tant de vertus,
Je le sens, c'est trop peu de chose;
J'aurais dans un temps qui n'est plus
Uni le myrte avec la rose.

[1] Ces vers furent composés pour la fête de M. le curé de
St-Paul, Etienne Dubois, mort en décembre 1849, grand vicaire
officiel d'Orléans. Il fut le directeur et le consolateur de l'auteur
dans les premières années de son veuvage. Il fut pour elle un
bon conseiller.

La parque, hélas! dans sa fureur
Pour jamais m'en a séparée;
De mes fleurs, de tout mon bonheur,
Ne m'est resté que la pensée.

Je l'emportai de ces beaux lieux
Où les brillants présents de flore
Charmaient tant mon cœur et mes yeux,
Qu'il me semble les voir encore.
De leur perte l'affreux malheur
Tellement m'avait accablée,
Que dans l'excès de ma douleur
Je faillis perdre ma pensée.

Au trépas je la dérobais
En la cachant dans les ténèbres;
Depuis trois ans l'enveloppais
Dans les plis de voiles funèbres.
Je me croyais, et sans retour,
De tous les plaisirs éloignée,
Quand un bien vif en ce beau jour
Donne l'essor à ma pensée.

Un pur et noble sentiment
En la ranimant la décore,
Et je la vois en ce moment
Au plaisir se livrer encore.
Dans mon cœur pour la retenir
En vain je l'avais enfermée;
Non, non il n'a pu contenir
L'élan de ma vive pensée.

Voulant conserver cette fleur,
Qui par tant de gêne est flétrie,

A vous vénérable pasteur,
Sans hésiter, je la confie.
Dans vos mains toute sa fraîcheur
Bientôt elle aura recouvrée :
Des vertus l'éclat enchanteur
Embellit toujours la pensée.

Du souci le poids accablant
La fit se courber sur sa tige,
Pour lui faire perdre ce penchant
Elle a besoin qu'on la dirige ;
Par vos avis si précieux
Vite elle sera redressée.
De plus, chaque jour, vers les cieux
Vous élèverez ma pensée.

En lui découvrant le bonheur
Qui doit couronner la constance,
Vous affirmerez sa couleur
Par le souris de l'espérance.
Grâce à vos soins, l'heureuse fleur
Va prendre une forme nouvelle.
La reconnaissance en mon cœur
Pour vous vont la rendre immortelle.

Ou bien :

Je vois déjà l'heureuse fleur
Prendre forme toute nouvelle ;
La reconnaissance en mon cœur
Sait pour vous la rendre immortelle.

Ou bien :

Aussi pour vous l'heureuse fleur
Sera d'immortelle durée ;
La reconnaissance en mon cœur
Rend éternelle ma pensée.

COUPLET POUR NOCE

Air : *Femme sensible e* *.

Il est donc vrai, charmante et douce Adèle,
L'heureux hymen t'asservit à sa loi.
Plaisir, bonheur, amour tendre et fidèle
Candeur, vertus sont unis avec toi.

Heureux témoin de si bel assemblage,
Mon cœur sensible, en sentant la douceur,
Voudrait, Adèle, au lien qui t'engage
De plus encore ajouter une fleur.

De l'amitié la timide pensée
Ne pourrait-elle en cet aimable jour,
Pour couronner le charmant hymenée
S'entremêler aux roses de l'amour ?

Belle on trouva cette douce pensée
D'unir deux cœurs faits pour s'aimer si bien :
D'en assurrer l'heureuse destinée
En cimentant le plus aimable lien.

Aux tendres soins de l'amitié fidèle
On ne pourrait ajouter rien de plus,
Heureux Henri, t'unir avec Adèle
Ensemble est vraiment unir les vertus.

LES MÊMES EN VERS DE HUIT PIEDS

Air : *avec les jeux*, etc.
Ou, *si Pauline est dans l'indigence.*

Il est donc vrai, charmante Adèle,
L'hymen t'asservit à sa loi.
Plaisir, bonheur, amour fidèle
Sont pour jamais unis à toi.
Tu leur offres pour récompense
Bonté, talents, candeur, vertus,
Du vrai bonheur ferme assurance,
Car ce sont là ses attributs.

Témoin d'un si bel assemblage,
Mon cœur, en sentant la douceur,
Voudrait au lien qui t'engage
De plus ajouter une fleur.
De l'amitié douce pensée
Ne pourrait-elle en ce beau jour,
Pour couronner ton hyménée
S'unir aux roses de l'amour ?

Belle on trouva cette pensée
D'unir deux cœurs faits pour s'aimer ;
De former chaîne fortunée
Que le temps ne peut alarmer.
Aux soins de l'amité fidèle
Que peut-on ajouter de plus ;
Henri t'unir avec Adèle
Ce fut réunir les vertus ?

COUPLETS POUR LE LENDEMAIN

Je le vois bien dans cette vie
Il n'est point de plaisir parfait.
L'objet même de notre envie
Ne s'accomplit pas sans regret.
Pour ton hymen, charmante Adèle,
Auraient tout fait tes bons amis;
Pourtant c'est chose très réelle
Qu'ils en éprouvent des soucis.

De leur part ce n'est pas caprice,
Mais le tendre élan d'un bon cœur.
Ils sentent le grand sacrifice
Dont ils vont payer ton bonheur.
Le prix leur en paraît extrême :
En désirant le diminuer,
Leur plaisir est toujours le même,
D'avoir su tant y contribuer.

Peine à leur plaisir s'entremêle
Et se répand autour d'ici :
On apprend la triste nouvelle,
Adèle va quitter Saint-Ay [1].

[1] Village à douze kilomètres d'Orléans.

A cette nouvelle alarmante,
Disparaissent plaisir et ris.
Chacun soupire et se lamente,
La tristesse est dans le pays.

Le malheureux se désespère,
Disant, adieu notre soutien.
Qui donc nous servira de mère,
Répète le jeune orphelin ?
Un vieillard que l'expérience
Accable de son grand poids
Réclame un moment de silence,
Pour faire entendre aussi sa voix.

Bonnes gens, votre ami partage
Ce qui cause votre douleur ;
Mais vous savez, nous dit le sage,
Réfléchissez dans le malheur :
Un grand arbre antique et fertile
Ombrage ce riant pays ;
L'infortune y trouve un asile ;
L'indigence en cueille les fruits.

Si de ses branches le grand nombre
Semble disparaître à nos yeux,
Il se trouve encore assez d'ombre
Pour protéger les malheureux.
La branche en ce jour notre perte
Dans l'arbre avait pris sa beauté ;
Mes amis, cet arbre nous reste,
Tout ne nous est donc point ôté.

Vos regrets de sensible Adèle
Affligeraient le tendre cœur.

Formez plutôt des vœux pour elle ;
Réjouissez-vous de son bonheur :
Auprès de l'objet que l'on aime
Doit-on placer tristes soucis ?
Hé ! n'est-ce donc que pour soi-même
Que l'on doive aimer ses amis ?

Au bon avis de ce vieux sage,
Parents, amis, référons tous.
Par nos vifs regrets davantage
N'affligeons pas ses bons époux.
Ils méritent bien qu'on les aime,
Ils ont tous deux un si bon cœur.
Aimons-les, et pour cela même
Réjouissons-nous de leur bonheur.

VERS

Chartres, 1828.

Heureux enfants sur qui le bonheur veille
Dont la gaîté me peint tout le plaisir,
   Dans votre brillante corbeille
   Une fleur laissez-moi choisir.
   Ce n'est pas toi, rose coquette,
   Que ma main cherche à rencontrer.
   Lilas, jasmin et violette,
   Pourquoi toujours vous présenter !
   Votre beauté si passagère
   N'offre que l'éclat d'un moment.
   Il faut qu'une fleur pour me plaire
   Serve d'emblème au sentiment.
   Dessous ce frais myrte cachée,
   J'aperçois ta douce couleur.
   Toi, par mon cœur tant recherchée,
   De te trouver, oh ! quel bonheur.
   Ne crains rien, timide pensée,
   Par la main qui sut te choisir
   Dans celle où tu seras placée,
   Non, tu n'auras pas à rougir.

Par la vertu désormais cultivée,
On te verra sous ses yeux embellir.
Vers le ciel tu te tiendras élevée
Pour contempler un heureux avenir.

Aimable fleur, l'amitié nous appelle.
Par ce sentier gagnons-en la tourelle.
Ne crains pas d'y trouver un éclat imposant ;
L'esprit et la candeur en font tout l'agrément.
Là tu vas éprouver toute la jouissance
De cette douce paix, suite de l'innocence ;
Le sentiment vrai, pur, touchant, délicieux
Que produit l'union de deux cœurs vertueux.
J'ai voulu placer là toute ma confiance.
J'y fais à l'amitié de mes maux confidence.
Ce furent les vertus qui formèrent nos nœuds.
Un bien tendre désir nous unit toutes deux ;
Nous avons, elle et moi, dans le ciel même père ;
Auquel nous désirons toujours chercher à plaire.
Pour l'aimer, le servir, nous ne faisons qu'un cœur.
Des goûts si ressemblants me rendirent sa sœur.
C'est elle, je la vois. Par son air, son sourire,
Je devine déjà ce qu'elle va me dire.

Que cette fête était charmante !
Elle a surpassé votre attente.
Je vous suivais, ma bonne sœur,
Pour partager votre bonheur.

Je le pensais. De ma prière
Je redoublais la vive ardeur,
Quand pour mon fils, quand pour mon frère
J'implorais les dons du Seigneur.

Qu'il est bon ce maître suprême !
Ah, qu'il mérite bien qu'on l'aime !
   Que nos deux cœurs à jamais
   En chérissent les bienfaits.
Mais, il faut te quitter, amitié pure et sainte.
De même te quitter, belle et paisible enceinte !
    Adieu ! ce mot est déchirant ;
    Je le prononce en soupirant.

    J'obéis : mon Dieu, tu l'ordonnes.
    En ta bonté que tu pardonnes
    A cet élan de ma douleur.
    Je vais l'enfermer dans mon cœur.

Dans ces beaux lieux, douce et tendre pensée,
Soit par mon cœur à jamais déposée.
C'est l'amitié qui me fit te choisir ;
T'offrir à elle est encore un plaisir.

Ce récit plus prose que vers a été fait à la hâte. Je ne l'ai point travaillé. Ce ne sont que des pensées, surtout la fin. — Note de l'auteur.

MATINÉE DE SAINT-CHERON

(Chartres 1828)

C'est toi que je chante à ton tour,
Douce et fraîche matinée
Qui m'annonce d'un si beau jour
Et le bonheur et l'arrivée.
Je veux peindre ce lieu que tu rends enchanteur,
Dont j'aime à contempler la paix et l'innocence.
Asile des vertus, dont je sens l'influence,
En franchissant ton seuil, je souris au bonheur.

Humide gazon où l'aurore
Laissa tomber ses tendres pleurs,
Te traverser n'est pas le temps encore,
Trop frais est ton émail de fleurs.
Uni sentier, de ma marche incertaine
Deviens le guide et assure mes pas ;
Toi, beau taillis, pour alléger leur peine,
Sois l'appui de mon faible bras.

Permets qu'un instant je repose
A ton ombre, riant bosquet ;

Que j'y fasse choix d'une rose
Et que j'y cueille cet œillet.
Ces beaux myrtes qui t'environnent
Ne me seront pas superflus :
Dans ces lieux toujours ils se donnent
Pour en couronner les vertus.

Joli berceau dont la nature
A dessiné les agréments,
Sur ta mousse, sur ta verdure
Je vais m'asseoir quelques moments.
Belle et paisible solitude,
Où l'un des maîtres de ces lieux
Se livre au charme de l'étude
En se cachant à tous les yeux.
Pendant le temps qu'il étudie
Du Parnasse les beaux sentiers,
Qu'il cueille les fleurs du génie,
Tu lui réserves tes lauriers.
Pensant à lui trop je m'engage,
J'oubliais qu'il faut te quitter.
Adieu, berceau ; sous ton ombrage
Plus longtemps je ne puis rester.

Ecarte-toi, léger feuillage
Que doucement agite le zéphyr ;
A mes pas fais un peu passage,
Autre endroit je veux parcourir.

Je te revois, antique allée
Qui reçus mes tristes soupirs,
Où ma par trop vive pensée
S'égarait en de vains désirs.

Quelle agréable différence
Près de toi me fait revenir !
En souriant à l'espéra ce,
Je soupire... c'est de plaisir.

Je t'aperçois, solitaire chapelle,
De ta cloche j'entends le bruit ;
Ce son, qui vers toi me rappelle
Jusqu'à mon âme retentit.

Salut, salut, demeure belle et sainte,
Refuge des cœurs vertueux.
Puisse le mien dans ton auguste enceinte
En ce beau jour se confondre avec eux.
Dans ce moment, avec l'humble Marie,
Je me jette aux pieds du Sauveur.
Les yeux en pleurs, comme elle je.m'écrie :
Vois, ô mon Dieu, mon amour, ma douleur.

Mais je distrais votre pieux silence
Sainte tribu, lévites du Seigneur.
En adorant sa divine présence,
Vous méditez quelle en est la grandeur.

Pour rendre hommage à ce maître suprême,
Vous recueillez dans le fond de vos cœurs
Ce pur encens qu'il recherche et qu'il aime
Et le mêlez au parfum de vos fleurs.

Avec celui de la douce prière,
Il forme un encens précieux,
Qui du pied de ce sanctuaire
S'élève et pénètre les cieux.
D'en haut la céleste rosée
Sur vous se répand à son tour ;

L'âme doucement enivrée,
Vous vous livrez au pur et saint amour.

Heureuse tribu, que j'envie
De votre sort tout le bonheur!
Loin des orages de la vie
Vous reposez sous l'aile du Seigneur.
Si par le sort je fus privée
Du jouir de tant de faveur,
De cette paix qui vous est réservée
Qu'au moins j'admire la douceur.
A ces lieux je suis étrangère,
De m'y voir vous restez surpris;
Ne craignez rien, c'est une mère
Qui dans vos rangs vient pour placer son fils.

Mais déjà de cette contrée,
Soleil, je t'aperçois dorer tout le coteau.
Tu finis, douce matinée,
Commence dès lors le jour le plus beau.
Astre brillant, éclaire ma pensée,
Fais dans mon cœur pénétrer tous tes feux;
De ta vive chaleur que je sois embrasée
Pour chanter la fille des cieux.

C'est bien en vain qu'un voile, ô piété ravissante,
Cherche à nous dérober ta grâce si touchante,
On y voit au travers tout l'éclat enchanteur
De ce riche présent, bienfait du Créateur.
Elle brille en tes yeux cette céleste flamme
Que le feu le plus pur alluma dans ton âme.
Là, seule avec ton Dieu, dans le sein du silence,
Ah! contemple à loisir de sa beauté l'essence,

Et de ses attributs la sublime splendeur :
Tout le bonheur d'en haut est au fond de ton cœur.
Délicieux transports, et vous si douces larmes,
Trop faible est mon pinceau pour peindre tous vos
[charmes.

S'en réfléchit l'éclat autour de votre autel ;
On y voit ta beauté, digne fille du ciel ;
S'y peignent tous les dons qui furent ton partage .
Cette belle tribu nous en offre l'image.
De tes attraits si doux elle sait la candeur ;
Elle apprit par tes soins quel est tout ton bonheur.
Et sut de tes vertus rendre un portrait fidèle :
Dans son chef elle en trouve un si parfait modèle [1].

Dans cet heureux moment ce vertueux mortel
Pour sa tribu chérie invoque l'Eternel.
Bientôt de ses enfants va s'augmenter le nombre ;
Il veut, ô piété, les voir croître à ton ombre.

Ouvrez, ouvrez les rangs ; sur ce riche tapis
Jetez, tendres enfants, vos roses et vos lis.
Votre digne prélat [2] vers le lieu saint s'avance.
Ce jour est pour son cœur un jour de jouissance.
Que de brillants lauriers à ces myrtes fleuris
Pour embellir ses pas se trouvent réunis.
Ah ! puissiez-vous toujours, au gré de votre envie,
Ainsi semer de fleurs le chemin de la vie.

1 L'abbé Chouet ,supérieur de Saint-Chéron, mort à 70 ans,
chanoine .titulaire de Chartres

2 Mgr Claude Hippolyte Clausel de Montals, évêque de Chartres.

Pour prix de ses vertus, qui le croirait ? hélas !
D'épines on voudrait entraver tous ses pas [1]
Oh ! siècle trop pervers, ton aveugle folie
Te fait donc oublier du prélat le génie.
Contre ses hauts talents que servent tes fureurs ?
Il saura déjouer tes projets destructeurs.
Ministre du Dieu saint, il en prend la défense,
En invoquant pour toi la divine clémence.
Vous, enfants de son cœur, jeune et belle tribu,
Venez lui présenter un hommage bien dû.
Dissipez de son front les soucis qu'on y pose,
En y faisant monter le parfum de la rose.

Esprit de pur amour, Esprit si lumineux,
Ranime mon récit par l'ardeur de tes feux.
Lévite [2], en ce moment, cessez votre prière ;
Montez sur ce degré, premier du sanctuaire.
Recevez du prélat la céleste couronne ;
Bénissez votre Dieu, c'est lui qui vous la donne.
Prenez ce vêtement, soyez-en revêtu,
Et n'oubliez jamais qu'il est pour la vertu.
Désormais votre rang est dans la tribu sainte,
Sous son noble étendard marchez toujours sans crainte.
Lévite, quel es-tu ? Mes yeux montrez-le moi,
Ah ! mon cœur me le dit : mon fils, mon fils c'est toi.
Moment de vrai bonheur, ta vive jouissance
Vient me faire oublier un long temps de souffrance.

[1] L'auteur fait allusion aux ordonnances de 1828 concernant les petits séminaires, ordonnances que Mgr de Montals combattit vigoureusement et dont il eût un extrême chagrin.

[2] Le 23 juillet 1828, le fils de l'auteur reçut l'habit clérical et la tonsure des mains de Mgr de Chartres dans la chapelle du petit séminaire de Saint-Chéron.

Sensible à ma prière, il exauce mes vœux
L'aimable protecteur de l'enfant malheureux [1].
O Dieu dont les bontés égalent la puissance,
Ton humble créature, en voyant ta clémence,
En reconnaît le prix, le paye d'un soupir.
Seigneur, pour tes bienfaits que pourrais-je t'offrir ?
Je ne possède plus ni grandeur, ni richesse,
Mon seul bien est ce fils, objet de ma tendresse ;
O mon Dieu, je te l'offre en y joignant mon cœur.
C'est tout ce qui me reste, accepte-le, Seigneur.
Ce sera te donner toute mon existence,
Et c'est encore trop peu pour ma reconnaissance.
Je la veux dans mon cœur enfermer à jamais,
Sans cesse te l'offrir pour prix de tes bienfaits,
Bénissez, saint prélat, ce désir salutaire ;
En bénissant le fils, n'oubliez pas la mère.

Accordez, ô tribu, vos luths avec vos voix,
Et vous, chantres ailés que renferment ces bois [2],
Sortez de votre ombrage, et, tout près du portique,
Joignez vos doux accords à ceux du saint cantique.
Par trois fois répétez ce refrain dans les airs :

Qu'il est saint, qu'il est saint le Dieu de l'univers !
A son nom tout se tait, se prosterne et l'adore,
Tandis qu'au loin l'écho dit et répète encore :
Qu'il est saint, qu'il est saint le Dieu de l'univers.....

[1] Le fils de l'auteur avait perdu son père à treize ans.
[2] La Chapelle de St-Chéron donnait sur le parc.

A

MADEMOISELLE AIMÉE DE BLIGNY [1]

Viens avec moi, jeune et sensible Aimée,
De Saint-Chéron parcourir les bosquets ;
Y respirer une odeur embaumée ;
Unir la rose à de jolis muguets.
Viens admirer la riante verdure
Du frais tapis que couvre un bel émail.
En contemplant ces dons de la nature,
Tu t'écrieras: C'est le beau Mont-Mirail.
L'asile heureux qu'à tes yeux je présente
En réunit les vertus, l'agrément.
Tout vous y plaît, vous sourit, vous enchante ;
De Mont-Mirail c'est le séjour charmant.
Entre avec moi dans l'enceinte sacrée,
Où j'ai passé le fortuné moment ;
Où je me plais à placer ma pensée,
A déposer les pleurs du sentiment.

[1] Mlle Aimée de Bligny était une ancienne élève pensionnée de Madame la Duchesse d'Angoulème au couvent des *Dames de la vie cachée de Jésus* de Mont-Mirail en Champagne.

9

Je le devine, ah ! vas-tu me répondre,
Dans ce beau lieu puis-je espérer d'entrer ?
Toutes vertus ont droit de se confondre,
Avec la tienne on peut s'y présenter.
En te voyant cette noble décence,
Cet air modeste où règne la candeur,
Ce doux souris, charme de l'innocence,
On y dira : des vertus c'est la sœur.

POUR LA FÊTE
DE LA SUPÉRIEURE DES RELIGIEUSES
DE LA VISITATION DE CHARTRES.

(en 1829).

Aimable muse, ô compagne fidèle
De mes ennuis comme de mes plaisirs,
Un beau sujet auprès de moi t'appelle ;
Viens de mon cœur seconder les désirs.

Transportons-nous dans ce beau monastère
Où les vertus ont fixé leur séjour ;
Venons offrir quelques fleurs à leur mère,
Pour la fêter tout s'empresse en ce jour.

Si l'on me dit : ici que viens-tu faire ?
Je répondrai : pour y placer mon cœur.
Il ne pourrait, ô Chantal [1], te déplaire,
Comme le tien il veut être au Seigneur.

---

[1] Nom de religion de la Supérieure.

IMPROMPTU

PENDANT QU'ON ARRANGEAIT LES BOUQUETS

Air : *Les jeux dans le cillage.*

Charmants bouquets que l'on arrange
Avec tant de soin et plaisir,
Fraîches roses et fleurs d'orange
Qu'une main sait si bien unir,
Tout le bonheur qu'on vous apprête
Me semble si pur et si doux,
Que je voudrais pour cette fête
Pouvoir m'enlacer avec vous.

J'entrerais dans le saint asile
Sous votre ombre, ô charmantes fleurs ;
Je jouirais d'un sort tranquille
Loin du monde et de ses erreurs.
Les vertus du pieux monastère
S'offriraient sans cesse à mes yeux ;
Près d'une digne et sainte mère
Mes jours s'écouleraient heureux.

De Chantal je serais la fille,
Penser tou. rempli de douceurs.
Je trouverais une famille
Dans toutes ces aimables sœurs.
Que sainte deviendrait ma vie
Dans une si belle union !
Oui, tout le bonheur que j'envie,
Est dans la Visitation.

Serais-je tout à fait privée
Du seul objet de mon désir ?
Non : la plus heureuse pensée
A mon esprit vient de s'offrir.
Combien elle me paraît belle !
Ah ! j'en comprends tout le bonheur.
C'est auprès de cette immortelle,
Sous ces fleurs, de placer mon cœur.

Du lis la blancheur éclatante
Sur lui répandra sa couleur,
Dont sous cette rose brillante
Se conservera la fraîcheur.
Il aura le bel avantage
De reposer près des vertus.
Pour les fêter, leur rendre hommage,
Ce n'est pas trop d'un cœur de plus.

O Chantal, dans ce cœur si tendre
Naît un désir en ce beau jour.
Aisément tu vas le comprendre :
C'est d'être à son Dieu sans retour.

Ah ! daigne écouter la prière
Qu'il t'adresse avec tant d'ardeur.
Il te supplie, ô sainte mère,
De le présenter au Seigneur.

Dis-lui que son désir extrême
Est de l'aimer, de le servir.
Dis tout ce que tu dis toi-même,
Lorsqu'au Seigneur tu viens t'offrir.
L'aimable Dieu du Sanctuaire
Entend si bien ta douce voix :
Pourrait-elle ne pas lui plaire,
O digne fille de François ?

COUPLETS SUR LES BOUQUETS

Air : *Pauline est dans l'indigence.*

Pour te fêter, ô digne mère,
Nous avons réuni ces fleurs.
On nous vit d'une main légère
En appareiller les couleurs.
Le nombre en peut paraître extrême ;
Pas une seule n'est en plus
Pour offrir le touchant emblème,
Sainte mère, de tes vertus.

Air . *Que ne suis-je la fougère.*

La rose fut la premiè e
Qui vint s'offrir à nos yeux.
C'est l'ardeur de ta prière,
Elle pénètre les cieux

Le lis offre de ton âme
La pureté, la blancheur.
Le myrthe est la sainte flamme
Qui s'entretient dans ton cœur.

Air : *O ma tendre musette.*

Ce jasmin qui s'enlace
A l'œillet odorant,
Nous montre de la grâce
Tout le charme attrayant.
C'est par elle qu'unie
A l'aimable Sauveur,
On te voit enrichie
Des dons du créateur.

———————

Air : *Réveilles-vous belle endormie.*

Cette tendre et belle pensée,
Où de l'aurore on voit les pleurs,
Nous peint la céleste rosée
Qui sur toi répand ses douceurs.

———————

Air: *Femme qui voulez éprouver.*

L'humble violette est la fleur
Qui nous montre ta modestie.
Non, n'en troublons pas la candeur
En publiant ta sainte vie.
Il faut te plaire, obéissons ;
Mais que sur tes vertus si belles,
En les taisant, nous déposions
Cette couronne d'immortelles. [1]

[1] Chacun des couplets était pour chacune des personnes qui offrirent collectivement des bouquets à Madame la Supérieure..

COUPLETS
POUR RÉPONDRE AUX REMERCIEMENTS
DE MADAME LA SUPÉRIEURE.

Air : *Lorsque dans une tour obscure.*

De notre bouquet, bonne mère,
C'est bien trop vous entretenir.
Nous en trouvâmes le salaire
Dans le plaisir de vous l'offrir.
Bien grande fut la jouissance
Dont tant nos cœurs étaient jaloux ;
Elle nous donna l'espérance
Qu'on vous verrait prier pour nous.

Du monde la mer orageuse
Fait craindre aux pauvres passagers
Sa traversée aventureuse ;
Elle expose à mille dangers.
De ses vents la force terrible
Nous en fait redouter les coups.
Dans votre demeure paisible,
Sainte mère, ah ! priez pour nous.

9.

Ce qui rdouble nos alarmes
Est que ce monde si trompeur
Vient étaler tous ses faux charmes
Sur l'objet de notre terreur.
Il nous répète en sa folie,
Chantez, dansez, amusez-vous,
Charmez le printemps de la vie.
Sainte mère, ah ! priez pour nous.

Cette maxime empoisonnée,
Nous la rejetons de nos cœurs :
C'est en vain qu'il nous l'offre ornée
De belles et riantes fleurs.
Oh ! de ces trop flatteuses roses
Nous n'ignorons pas le dessous :
Cruelle épine, tu t'y poses.
Sainte mère, ah ! priez pour nous.

Que le Seigneur qui nous fit naître
Règne sans cesse en notre cœur.
Qu'à servir un aussi bon maître
Nous trouvions le vrai bonheur.
Que des faux plaisirs de la vie
Nous ne prenions jamais les goûts.
Oui, c'est là notre unique envie.
Sainte mère, ah ! priez pour nous.

Sainte mère, oh ! de vos prières
Je réclame aussi le secours.
Elles me seront nécessaires
Pour prouver à Dieu tous les jours

Mon amour, ma reconnaissance,
En observant sa douce loi.
Je dois tout à sa providence.
Sainte mère, ah ! priez pour moi.

Je fus épouse, je suis mère:
De mon hymen me reste un fils.
Le voyant privé de son père,
Combien sur son sort je gémis !
Quoi ! j'oubliais que Dieu, sur terre
De l'orphelin devient l'appui.
Ce fils est dans son sanctuaire.
Sainte mère, ah ! priez pour lui.

Que par les vertus de sa vie
Du Seigneur il orne l'autel.
Que sa voix sans cesse y publie
Tous les bienfaits de l'Eternel.
Que du malheur, de l'indigence,
Il devienne à son tour l'appui.
Sainte mère, au Dieu de clémence
Demandez tout cela pour lui.

———————

ÉPITRE

A MADEMOISELLE DE LA CHEVALERIE

Chartres, 1820.

Tandis qu'au coin du feu de bon cœur je maudis
La rigueur de ce froid qui me tient au logis,
Dis-moi donc que fais-tu, mon aimable voisine?
Pourquoi le demander ? Si bien je le devine.
Pour chasser de l'hiver les trop sombres ennuis,
Tu viens de rassembler tes fidèles amis [1].
Se voit au premier rang cet abbé vénérable [2]
Qui fait revivre en lui l'orateur admirable
Dont l'éloquente voix attirait tout Paris,
Et donnait des leçons à nos princes surpris.

[1] Mlle de La Chevalerie, morte en janvier 1848, à l'âge de 70 ans, avait l'habitude de réunir chez elle une agréable société. Elle était elle-même aimable, gracieuse et spirituelle.

[2] M. l'abbé Tessier, chanoine titulaire de Chartres, ancien prédicateur de la reine Marie-Antoinette. Beau et vénérable vieillard, il prêchait encore à 82 ans. Il était d'un caractère doux et aimable. Il avait été député aux Etats-généraux. Il se trouvait dans la voiture de Mgr de Juigné, lorsque la populace jeta des pierres contre le prélat.

Se place à ses côtés ce savant scolastique [1]
Dont je ne puis tracer la profonde logique.
De par de là les monts il a placé son cœur,
Du pontife romain le zélé défenseur.
Son défaut à mes yeux est d'être un peu caustique.
Il prétend que mon air se ressent du mystique.
Sur le moindre scrupule il me fait enrager :
J'éprouve un vrai plaisir à pouvoir me venger.
Et sur ce, paraît... qui ?... Celle, oh ! surprise extrême
Qu'on ne devait revoir qu'à la fin du carême.
Sur un ancien sujet elle veut revenir ;
Ni rhume, ni douleur n'ont pu la retenir :
Soutient, en vrai docteur, qu'il est chose certaine
Qu'en Judée il se vit plus d'une Madeleine [2].
Aurait-elle raison ? Je laisse à plus savant
Le soin de prononcer sur ce fait important.
On peut dire entre nous qu'elle a du caractère.
Je lui trouvai d'abord l'humeur un peu sévère ;

[1] M. l'abbé Toulay, chanoine titulaire de Chartres, grand-vicaire honoraire, éloquent orateur, plein de feu dans le débit, ancien professeur de théologie au séminaire de Versailles avant
le rétablissement de l'évêché de Chartres. Il fut ardent Lamen-
naisien jusqu'aux égarements de cet introducteur de l'ultramon-
tanisme parmi le jeune clergé de la Restauration. Il resta anti-
gallican prononcé. C'était un homme de cœur et un bon ami. Sa
conversation était agréable, car elle pétillait d'esprit, de science
et d'une aimable causticité. Sa piété, quoique très éclairée, allait
jusqu'au scrupule en sa délicatesse de conscience. Il mourut en
1873, dans sa 83e année.

[2] Une demoiselle ***, esprit bizarre et entêté : elle voulait
qu'il y eût trois Maries et que Madeleine ne fût pas la pécheresse.
Elle soutenait son opinion, en disant que le Christ n'aurait jamais
pu souffrir qu'une pécheresse publique, même repentante, l'appro-
chât de si près. L'Évangile donnait un démenti d'un bout à l'autre
à l'autre à son opinion.

Ce je ne sais quoi qui finit par nous charmer
Sut me faire éprouver du plaisir à l'aimer.
Mais qu'est-il devenu du chœur l'illustre chantre?
Confus de son retard la voix émue il entre.
Lui, qui donne le ton au premier oremus,
Aurait-il pu céder le benedicamus [1] ?
Il sait des moindres mots tirer mille avantages;
De son charmant esprit les divers agréments
Vont te faire oublier la neige et les autans.
Quand je sais que chez toi l'on rit et l'on s'amuse,
Je n'ai pour m'égayer que ma petite muse.
Elle est trop jeune encor, hier me disait-on,
Pour lui laisser gravir de ce temps l'Hélicon :
De ses sentiers glissants la route est difficile,
Pourrait-on la risquer sur le coursier agile?
De ce beau raisonneur je laisse la leçon :
Tu sais fort bien qu'en tout j'aime agir sans façon,
Si ma muse est parfois dans ses élans trop vive,
Pour cela me faut-il la retenir captive,
Et même la priver de ce si grand plaisir
Quelle éprouve d'avoir quelque chose à t'offrir.

---

(1) M. l'abbé Itasse, chanoine titulaire de Chartres, grand-chantre, grand-pénitencier, grand-vicaire honoraire, bon prédicateur, mais froid. Il était un gallican prononcé et anti-lamennaisien. Il mourut dans sa 80ᵉ année en 1869. L'abbé Poisson, malgré la distance d'âge, fut très lié avec M. Itasse et M. Toutay, qui furent constamment pour lui de véritables amis, lui furent toujours très dévoués ; ils le lui prouvèrent par leurs actes en diverses circonstances, et d'une manière admirable. Ils lui témoignèrent sans cesse le regret de ce qu'il avait quitté Chartres.

MES PREMIÈRES PENSÉES

DE L'ANNÉE 1830

A M. LECOMTE CURÉ DE LA CATHÉDRALE DE CHARTRES.

(Chartres 1830)

Tu scintillais encore, aimable messager,
Fidèle compagnon du tranquille berger,
Déjà vers l'Eternel s'élevait ma prière;
Mon cœur en implorait la divine lumière,
Ce feu resplendissant du plus brûlant amour:
Seigneur, pour t'invoquer je devançais le jour.

Souverain créateur, je vais à ta clémence
Encor d'un nouveau jour devoir la jouissance.
De l'an c'est le premier : c'est un jour de bonheur :
Je veux le commencer en te donnant mon cœur.
Doucement enivré de ta sainte rosée,
Il élève vers toi sa première pensée,
L'élan de son amour, son éloquent soupir
Qui t'exprime, ô mon Dieu, quel en est le désir.

Toi seul es son bonheur, sa richesse, sa vie.
Toujours, toujours t'aimer est le bien qu'il envie !
Jouir de tes faveurs, de tes dons précieux,
Ce sont là de mon cœur, ce sont là tous les vœux.

Que dis-je ? il me souvient, ô douce souvenance !
Du tribut que je dois à la reconnaissance.
Mon Dieu, de tant d'ardeur quand tu viens m'animer,
Puis-je oublier celui que m'apprit à t'aimer ?
Son cœur fit dans le mien passer le feu sublime,
De cette charité dont ton esprit l'anime.
Il me fit de tes dons admirer la grandeur ;
De ton divin amour connaître la douceur ;
M'apprit à rendre grâce à ta bonté suprême.
Penser à lui, Seigneur, c'est penser à toi-même.
De ce doux souvenir, qui ne saurait cesser,
Trop juste en est l'objet pour pouvoir t'offenser.
Seigneur, ne l'as-tu pas présent à ta mémoire
Ce pasteur vigilant si zélé pour ta gloire ?
Des trésors de ta grâce on te voit l'enrichir,
Que pourrait-il encor manquer à son désir ?
Je pénètre en son âme, il a compris la mienne ;
Dans cet heureux moment j'ai deviné la sienne.
Rien n'en peut arrêter la noble et sainte ardeur ;
Il voudrait chaque jour t'offrir de plus un cœur ;
Ramener au bercail la brebis fugitive ;
A ta loi lui donner une oreille attentive ;
Réunir son troupeau sous ton ombre, Seigneur,
Pour le faire arriver à l'éternel bonheur.

VERS SUR UNE ABSENCE PROLONGÉE

DE MON FILS

COMPOSÉS A CHARTRES EN 1830

Tu ne viens pas, et déjà sur la terre
    La nuit étend son voile épais :
    O mon fils, pour ta pauvre mère,
Il n'est donc plus un seul instant de paix.
Naguère encore à ma vive souffrance
Ton doux regard offrait quelque repos.
Tu grandissais, une douce espérance
Me laissait voir le terme de mes maux.
Tu ne viens pas, que je suis inquiète !
    Tout semble accroître ma terreur ;
    Seule, sans toi, dans ma retraite
    Rien n'est pareil à ma frayeur.
    Je les entends ces cris de rage,
    Ces cris perçants de la fureur,
    Les mêmes que dans mon jeune âge
    J'entendais avec tant d'horreur.

De l'enfer toute la colère
Etait dans ces sinistres cris.
Alors je tremblais pour mon père,
Et maintenant je frémis pour mon fils [1].

[1] C'était le 24 août 1830, le fils de l'auteur, ecclésiastique, était allé se promener dans la campagne ; retenu par des personnes amies, il avait retardé son retour, sa mère effrayée craignit qu'il ne lui fût arrivé quelque accident, à cette époque où l'on insultait continuellement le clergé avec une fureur impie. Les cris révolutionnaires d'alors lui rappelaient ceux de 93 où la vie de son père avait été plus d'une fois menacée.

COUPLETS

A MADEMOISELLE DE LA BOURDONNAIE [1]

QUI ME DISAIT
QU'ELLE NE POSSÉDAIT AUCUN CHARME
POUR ME PLAIRE.

Air : *O ma tendre musette.*

Composés à Chartres

O toi qui de ma mère
Réunis les vertus,
Ah ! dis-moi, pour me plaire
Que te faut-il de plus ?
Douce image de celle
Qui me donna le jour,
Ta bonté me rappelle
Ses soins et son amour.

[1] Mademoiselle De La Bourdonnaie était sœur d'un ancien chanoine de Chartres d'avant 89 et de la famille des La Bourdonnaie
de Bretagne.

Quand de ta voix si tendre
J'écoute la douceur,
Je crois encore entendre,
Heureux moment d'erreur !
Cette mère chérie,
Sensible à mon malheur,
Me dire : ah ! je t'en prie,
Modère ta douleur.

Si parfois je repose
Doucement sur ton cœur,
J'éprouve même chose,
Je revis au bonheur ;
Se présente à ma vue
Une mère pour moi,
Celle que j'ai perdue
Je la revois en toi.

LE TRAVAIL

Passe, repasse avec vitesse,
Lin si docile, entre mes doigts ;
Frêle soutien de ma détresse,
Passe, repasse entre mes doigts.

Tu l'as voulu, bonté divine,
Béni ton nom soit à jamais.
De mon sort serais-je chagrine ?
Tout tes ordres sont des bienfaits.
      Passe, repasse avec vitesse, etc.

Tandis que tout semblait, sur terre,
Combler mon aveugle désir,
Dieu si bon, j'étais étrangère
A ce bonheur de te servir.
      Passe, repasse avec vitesse, etc.

Il n'est plus ce temps d'abondance :
Puis-je le regretter ? hélas !
A toi, — trop triste souvenance ! —
Dans ce temps je ne pensais pas.
      Passe, repasse avec vitesse, etc.

Maintenant que me voit l'aurore
T'offrir et mon lin et mon cœur,
Que tout le jour tant je t'implore,
Ma peine devient un bonheur.

Passe, repasse avec vitesse,
Lin si docile entre mes doigts ;
Frêle soutien de ma détresse,
Passe, repasse entre mes doigts.

MÉDITATION POÉTIQUE

Mon Dieu, mon Dieu, de ton amour
Quand tu me découvrais les charmes,
Que j'étais heureuse en ce jour !
Que je versais de douces larmes !
Mais maintenant quel trouble affreux
Agite, égare ma pensée !
D'où vient ce sort si rigoureux ?
De toi serais-je délaissée ?
Que dis-je, hélas ! dans ma douleur ?
Dieu si bon, hé quoi ! je t'offense ;
Je pourrais oublier, Seigneur,
Et ton amour, et ta clémence.
Non, non, mon Dieu, ce n'est pas toi
Qui me délaisses, qui m'oublies,
Oui, je le sens, oui, c'est bien moi,
Par ma trop aveugle folie.
Sans toi je cherche le bonheur :
N'est-ce pas m'égarer sans cesse ?
Reviens, oh ! le Dieu de mon cœur,
Reviens me rendre à la sagesse.

Par les charmes de ton amour
Dissipe mes vaines alarmes ;
Que je revoie encore ce jour
Où je versais si douces larmes.

EPITRE

A MADEMOISELLE DE LA CHEVALERIE

QUI M'AVAIT DEMANDÉ DES VERS
SUR L'IMAGINATION.

(Chartres 1831)

Bonne voisine, que tant j'aime,
Daigne accueillir ces faibles vers
Qui m'ont coûté travail extrême
Et mis l'esprit tout à l'envers.
Longtemps j'en aurai souvenance,
Pour leur donner de l'union
Il m'eût fallu plus d'éloquence
Ou ton imagination.
A ce grand mot ma pauvre muse
Tout ébahie en reste là.
De m'obéir elle refuse
Et sans façon me plante là.
Maudite soit la poésie,
Qui ne m'apprête que chagrin.

10

Ce mot était ta fantaisie,
Te refuser est-il moyen ?
Aimable voisine, à te plaire
On éprouve, tant de plaisir.
Mais cessons tout ce commentaire
Occupons-nous de l'avenir.

Demain, en grande diligence,
Dès midi je me rends chez toi;
Nous y serons de compétence
Pour discuter la grave loi,
De la maligne *Quotidienne* [1]
Ecouter les piquants récits.
Quelle humeur donc devient la mienne !
Quoi ! déjà j'ai changé d'avis.
Tout bonnement vaut mieux le dire.
Je n'aime plus ce grand savoir,
Par trop de tristesse il m'inspire
Mon pauvre esprit en devient noir :
La politique du Parnasse
Se trouve exclue avec raison.
Hé ? que voudrais-tu qu'on en fasse
Dans les beaux sentiers d'Hélicon ?
Là paisiblement je repose;
Gaîment je pense à l'avenir;
Et sur une feuille de rose
J'écris un joli souvenir.
Le tien dans le mien se retrace;
Vite j'en dépeins la douceur.
De peur que le temps ne l'efface,
Je le renferme dans mon cœur.

[1] Un des journaux de l'époque.

Par les douces muses bercée
Je m'endors; voisine, bon soir.
Demain ma première pensée
Sera celle de te revoir.

ÉLÉVATION POETIQUE

Dièu de mon cœur, dans ma douleur extrême,
Que ton amour me rend heureuse encor !
Partout, portout, beauté, bonté suprême,
Je sais t'aimer comme sur le Thabor.

Dans ce beau lieu, le charme de ta grâce
Me découvrait ta divine splendeur.
Qu'il m'était doux d'y trouver une place ;
Tout ne m'offrait que repos, que bonheur !
Je l'ai quitté ce mont de pure ivresse,
J'ai descendu ce Thabor enchanteur.
Tu l'ordonnais, mon Dieu, dans ta sagesse ;
Sans murmurer je t'obéis, Seigneur.
Tu me voulais dans ce lieu solitaire,
Seul confident de tes tourments affreux ;
Oh! Dieu sauveur, que ce lieu sait me plaire,
Comme un Thabor, oui, mon cœur est heureux.

A tes côtés par ta grâce placée,
De ton amour quelle insigne faveur !
Je pourrai donc consolante pensée,
De tes tourments partager la douleur

Oui, je pourrai mêler avec tes larmes
Les tristes pleurs dont se mouillent mes yeux ;
A son effroi joindre aussi mes alarmes ;
A tes ennuis mes soupirs douloureux.
Ton doux regard soutient mon espérance ;
Jésus, tu sais le désir de mon cœur :
Ce cœur voudrait, par sa vive souffrance,
De tous tes maux apaiser la douleur.

Donne-le moi ce vase d'amertume
Qui te remplit d'un si mortel effroi ;
Donne-le moi ; l'ardeur qui me consume
M'y fait poser mes lèvres avec toi.

Qu'il est amer ce douloureux breuvrage !
En le goûtant, je frissonne d'horreur.
Je le boirai ; oui, j'aurai ce courage.
Dieu tout d'amour, soutiens, soutiens mon cœur.

Ah ! je la sens cette douleur cuisante,
Ce froid mortel, cette triste langueur ;
Déjà la mort sur ma lèvre tremblante
Vient de poser sa cruelle pâleur

C'est trop souffrir, à mes maux je succombe.
Mais quoi ! Jésus, tu prends pitié de moi ;
Ton tendre cœur au mien ouvre une tombe ;
Il était mort, il va revivre en toi.

O cœur sacré, cœur tout rempli de charmes,
Que dans le mien tu répands de douceur !
Dans ce moment, si je verse des larmes,
Ces larmes sont d'amour et de bonheur.

10.

Dieu de mon cœur, dans ma douleur extrême
Que ton amour me rend heureuse encor ;
Partout, partout, beauté, bonté suprême;
Je sais t'aimer comme sur le Thabor.

LA
PRÉSENTATION DE LA SAINTE VIERGE

De Joachim l'épouse sainte
Éprouve le plus pur bonheur ;
Bonheur sans mélange et sans crainte
Que lui réservait le Seigneur.
Dans sa tendresse maternelle,
Un jour lui paraît un instant ;
Après son Dieu, tout est pour elle
Dans son époux, dans son enfant.
De la chère et douce Marie
Anne soutient les premiers pas.
Marie à sa mère chérie
Sourit et tend ses petits bras.
Sur ses genoux Anne la pose,
La baise, l'endort doucement,
De respirer à peine elle ose,
Un rien peut éveiller l'enfant.
Ainsi sous la main maternelle
Marie allait compter trois ans :
Trois ans... Sa mère se rappelle
Ce que doit prescrire ce temps.

Une douloureuse pensée
Vient de troubler tout son bonheur ;
Son âme se trouve oppressée ;
Dans ses yeux se peint la douleur.
Elle garde un profond silence ;
Vivement s'agite son cœur ;
Puis tout à coup de sa souffrance
Elle exprime ainsi la grandeur :
Qu'une peine nous semble amère
Quand la précède le bonheur ;
Qu'il est grand et beau d'être mère !
Mais qu'il va coûter à mon cœur !
Quoi ! dès l'aurore de ta vie,
Pourrais-je y penser sans effroi ?
Il faudra, fille si chérie,
Il faudra t'éloigner de moi ;
Voir une autre main que la mienne
Donner ses soins à mon enfant ;
Ne plus, d'une marche craintive,
M'avancer près de ton berceau,
Prêter une oreille attentive,
Recueillir un souris nouveau,
Te presser, dans ma douce ivresse,
Contre le sein qui te nourrit,
Et recevoir une caresse
De celle que mon cœur chérit.

Joachim de sa bien-aimée
Entend les soupirs, voit les pleurs ;
Son âme s'en trouve alarmée ;
Il veut calmer tant de douleurs,
Prend la main de sa noble amie,

Lui dit : Anne, oh ! toi tout mon bien,
Cesse tes pleurs, je t'en supplie,
Ils affligent trop Joachim.
Ces mots, qu'un doux regard achève,
En demandent un en retour ;
Anne sur le tendre époux lève
Ses yeux pleins de pleurs, pleins d'amour :
Ce doux échange de tendresse
A rendu le calme à son cœur ;
D'un chaste amour la pure ivresse
Lui fait retrouver le bonheur.
A son épouse rassurée
Joachim dépeint la grandeur
Que Dieu semble avoir préparée
A l'enfant que chérit son cœur.
Anne, l'oreille alors charmée,
Écoute ce présage heureux,
En jetant sur sa bien-aimée
Un regard, un regard radieux ;
La contemple, et vite s'écrie,
Dans le transport de son bonheur :
Tu seras, tu seras, Marie,
De Jessé la mystique fleur.

Marie a bien compris sa mère ;
De son teint la vive couleur
Laisse voir qu'en elle s'opère
La vertu qui fait sa grandeur.
Le nom de cette fleur si belle
Vient de troubler son jeune cœur.
Moi, je ne veux être, dit-elle,
Que la servante du Seigneur.

Oui, oui, conduis, conduis Marie
Dans le temple, lieu de bonheur ;
Contente, mère très chérie
De ta fille la vive ardeur.

MÉDITATION POÉTIQUE

LA PURIFICATION,

A M. LE COMTE, CURÉ DE LA CATHÉDRALE DE CHARTRES

(Composée à Chartres.)

Du temple saint l'humble Marie
A déjà franchi les parvis,
Des cieux cette reine chérie
Entre ses bras porte son fils.
Contre son sein doucement elle presse
Cet enfant si cher à son cœur ;
Jette sur lui, dans sa vive tendresse,
Un regard, regard de bonheur.

Dans le saint temple avec la Vierge Mère
Entre un vieillard... heureux instant !
Il aperçoit... quel sublime mystère !!!
Un Dieu-Sauveur sous les traits d'un enfant :
Siméon des bras de Marie
Prend Jésus, contemple ses traits,
L'élève vers le ciel, et vivement s'écrie :
Seigneur, dans le tombeau je vais descendre en paix.
Oui, je puis maintenant terminer ma carrière ;
Mes yeux l'ont contemplé cet enfant rédempteur

Des nations l'éternelle lumière
La gloire d'Israël et de tous le Sauveur.

Du vieillard le front vénérable,
Le ton grave, l'air imposant,
Forment un contraste admirable
Avec les charmes de l'enfant.
Quand l'un par son regard, plein du feu qui l'anime,
Rappelle de Sina le mémorable jour;
L'autre par son sourire à tout mortel exprime
D'un Dieu la douceur et l'amour.
Les charmes si doux de l'enfance
Avec la gravité des ans
Figurent la belle alliance
Dont le ciel a marqué les temps.
D'en haut la promesse éternelle
S'accomplit en ce beau moment:
Vient s'allier la loi nouvelle
Avec l'antique Testament.
De cette loi la grâce si touchante
Rend une à l'autre un nouveau jour;
Des ans la rigueur imposante
Se perd dans un souris d'amour.

Que ta loi, Jésus, paraît belle !
Qu'elle enferme de douceur !
Oui, toujours j'y serai fidèle,
L'observer sera mon bonheur.
Siméon au soir de sa vie
Entrevit cette loi d'amour;
Mes yeux (bonheur digne d'envie !)
La contemplent dans tout son jour.

ENVOI

DE LA PIÈCE CI-DESSUS A L'UNE DE MES AMIES,
ROSE.

Dans ta paisible solitude
Je vais envoyer Siméon.
Ce n'est pas sans inquiétude
Que j'attends, crains ta sanction.
Ton âme, en son ardeur, s'écrie :
Dans ce tableau que de froideur ;
Non, non, ce n'est pas de Marie
Et les grâces et la douceur.
Quoi ! j'oubliais ton indulgence :
Que léger est mon souvenir !
Ma bonne Rose, je t'offense,
Et je veux te faire plaisir.
Le plus sûr moyen de te plaire
Est de parler du Dieu Sauveur ;
Il m'en souvient, c'est le mystère
Dont tu fêtes plus la grandeur.
Dans le sein d'une Vierge pure
Ce Dieu pour nous s'est incarné ;

11

Le souverain de la nature
A mourir veut me condamner :
Peindre ce sublime mystère,
Tu le vois, ce n'est pas l'instant ;
Jésus dans les bras de sa mère
N'est encore qu'un faible enfant.
Penché sur le sein de Marie,
Il dort : Rose, qu'il est charmant !
Viens, douce muse, je te prie
Le peindre dans ce beau moment.
Dessus sa bouche à demi close
Se joue un souris gracieux.
Sur son front de lis et de rose
Est peinte la beauté des cieux.
Marie avec vive tendresse
Le baise, quel heureux instant !
A la mère qui le caresse
L'enfant sourit en s'éveillant.
Ses yeux se sont portés sur celle
Qui le contemple avec amour :
De la tendresse maternelle
Un doux regard est le retour.

Des mains de ma muse attendrie
Vient de s'échapper le pinceau ;
A toi, Rose, je le confie,
Mets le vernis à ce tableau.

STANCES A L'ENFANT JÉSUS

Composées à Chartres

Aimable enfant dont la naissance
De la terre a rempli les vœux,
Vers ton berceau quand je m'avance
Quels charmes s'offrent à mes yeux !
Règne sur ta bouche enfantine
Le souris le plus gracieux ;
Il peint cette bonté divine
Que tu viens apporter des cieux,

Tes yeux se ferment ; tu sommeilles :
Dors, dors en paix, petit enfant.
Mais quoi ! déjà tu te réveilles :
De ta douleur j'entends l'accent,
Au premier jour de ton enfance
Hélas ! tu souffres... c'est pour moi !
Je veux partager ta souffrance,
Jésus, en souffrant avec toi.

Viens le balancer, tendre mère,
Cet enfant si cher à ton cœur.

Il s'apaise ; ta main légère
Sait si bien calmer sa douleur.
Il te tend les bras, Vierge pure,
Tu le soulèves dans le tien ;
Du Dieu de toute la nature
Ton faible bras est le soutien.

C'est sur ton cœur que tu le poses ;
Marie, oh ! quel heureux moment !
Tu vois sur ses lèvres de roses
Pour sa mère un souris charmant.
Petit enfant, Sauveur aimable,
Près de toi que l'on est heureux !
Oui, je préfère ton étable
Aux palais les plus somptueux.

Que me servirait leur richesse ?
Que me servirait leur grandeur ?
Tu suffis seul à ma tendresse ;
Dans ton amour est le bonheur.
De mon cœur, étable chérie
Tu deviens l'unique désir :
Près de Jésus, près de Marie
Je veux vivre, je veux mourir.

MARTHE ET MARIE.

Tandis qu'aux pieds du Dieu sauveur
L'humble, la sensible Marie
Se livre au plus parfait bonheur,
Marthe survient, Marthe s'écrie :
Soyez notre juge, Seigneur ;
De travailler je suis en nage,
Auprès de vous se tient ma sœur
Qui me laisse seule à l'ouvrage.

Marthe paraît avoir raison ;
A sa cause je m'intéresse :
Mais écoutons donc la leçon
Que fait un Dieu dans sa sagesse.
Marthe, pourquoi vous tourmenter ?
Votre sœur vint à la belle heure :
Deux parts j'ai voulu présenter,
Elle a fait choix de la meilleure.

Heureuse vous êtes cent fois,
Vous qui la prenez pour modèle ;
Du Seigneur vous suivez les lois,
Il couronnera votre zèle.

A lui s'engagea votre foi,
A lui vous êtes pour la vie,
La part dont vous avez fait choix
Ne vous sera jamais ravie.

PRIÉRE DU PRÊTRE BERNARD

Air : *Qu'ils sont aimés etc.*

Souvenez-vous, ô très sainte Marie,
Que nul mortel ne vous implore en vain ;
Que le pécheur qui s'amende et vous prie
Toujours en vous trouve un ferme soutien.

Quand, à vos pieds, le cœur rempli de peine,
Il vient gémir, il vient vous implorer,
Le rejeter serait un phénomène
Qu'on ne vit point aucun jour éclairer.

Du malheureux la touchante prière
Dans votre cœur trouva place toujours :
Oui, chaque siècle, ô vierge débonnaire,
Fut le témoin de vos tendres secours.

De vos bontés les exemples sans nombre
Nous font placer tout notre espoir en vous.
Que peut-on craindre en étant sous votre ombre ?
Est-il refuge et plus sûr et plus doux ?

Tous à vos pieds, le cœur plein d'espérance,
Levant vers vous nos yeux mouillés de pleurs,
Ah ! nous venons, ô Vierge de clémence,
Vous implorer pour de pauvres pécheurs.

Ces malheureux sur la mer orageuse
Sont embarqués, ils veulent tout braver ;
Ils vont périr d'une mort trop affreuse,
Venez, Marie, oh ! venez les sauver.

Ramenez-les sur cette belle plage,
Vers l'heureux port du céleste séjour.
Par vous sauvés d'un funeste naufrage,
Ils béniront votre nom chaque jour.

AUTRE TRADUCTION

Souvenez-vous, douce Vierge Marie
Qu'on n'a jamais ouï dire aucun instant
Qu'un seul mortel dans l'exil de la vie
Vous ait en vain adressé ses accents.

REFRAIN

Souvenez-vous, Mère chérie,
Qu'on ne vit point abandonné
Celui dont l'âme étant flétrie
D'un souffle impur, empoisonné,
A mis en vous sa confiance .
Ah ! sous vos ailes cachez-nous,
On y retrouve l'innocence,
La paix du cœur, souvenez-vous,
Souvenez-vous, souvenez-vous.

Dans cet abîme de misères
Voudriez-vous nous délaisser ?
Voyez nos larmes très sincères,
Daignez, daignez nous exaucer.

LETTRE

A MADEMOISELLE DE LA CHEVALERIE

(Oinville Saint Liphard)

Je n'aurais pas attendu jusqu'à ce jour pour répondre
à votre aimable lettre sans un vilain rhume avec
lequel j'ai commencé l'année.

> Tandis que ma vive pensée
> Vers vous s'élançait,
> Au lit, très oppressée
> La fièvre me tenait.
> Je la bravais ; la cruelle
> A voulu m'en punir :
> Ma souffrance fut telle
> Que je faillis mourir.
> Pour la peur j'en suis quitte ;
> Grâce à Dieu, je suis mieux.
> De ce mieux je profite
> Pour vous offrir mes vœux.

Ils sont un peu tardifs ; cela ne nuit en rien à leur
sincérité : c'est l'amitié qui les inspire.

Si vous avez trouvé mon jeune curé[1] aimable, il vous a trouvée telle. Les charmes de votre conversation et de la musique lui ont fait oublier que son temps était très limité.

> Votre humeur si jolie
> Fait, soit dit entre nous,
> Que toujours on oublie
> Les heures auprès de vous.

Le pauvre abbé s'y est laissé prendre. Il n'est pas le seul ; je me rappelle ce temps, où

> Auprès de vous gaîment placée,
> Écoutant vos joyeux propos,
> Je bannissais de ma pensée
> Tout l'ennui que causent les sots.
> Ah ! le plaisir de vous entendre
> Était pour moi plaisir si doux,
> Que toujours je me laissais prendre
> Par les heures auprès de vous.

Ainsi le cher abbé est excusable. Il a été aussi très enchanté de l'accueil de cet excellent M. Vallou[2], auquel il comptait faire visite. C'est encore vous, méchante voisine, qui l'en avez empêché. Chargez-vous des excuses.

Ce que vous me dites de votre compagne me fait grand plaisir. La bonté est excellente, mais ce *comme vous voudrez* me fait aussi l'effet de l'opium. Je préfère la gaîté, même avec sa malice ; elle m'anime, pour dire le mot, elle me rend aimable.

[1] Le curé d'Oinville, son fils.

[2] Vallou de Lancé, propriétaire à Chartres, brave homme, mais très sourd.

La gaieté double la vie,
De fleurs sème le chemin ;
Elle brave de l'envie
Et le trouble et le chagrin.
Tandis que la mélancolie
Passé, présent, tout sait noircir
La gaieté, dans sa folie,
En rose peint l'avenir.

Tout en lui donnant des louanges, je blâme ses défauts. On la laisse trop courir avec Momus ; ce qui parfois lui donne un mauvais ton, que la bonne compagnie lui fait perdre. Chez vous, elle est charmante. Mais dans notre village elle est fort tapageuse : c'est une véritable grosse mère la joie.

Son éternel caquet
A vous fendre la tête
S'entend au cabaret,
Criant comme une bête,
Mêlant les j'avions
Avec les je venons.
La sachant de la sorte,
Je lui fais sans façon
Au nez fermer ma porte,
Vu son très mauvais ton.

Vous voyez d'après ceci qu'il n'y a point à Oinville de gaieté pour votre amie.

Que vous êtes bonne, aimable voisine, de tant me regretter. Je n'ai pu lire cette phrase de votre lettre, *je ne vous verrai donc plus !* sans être vivement émue. Je remets plus tard à y répondre ; elle m'inspire tant de choses, qu'il me faut plus de temps pour vous les exprimer. Je me borne aujourd'hui à vous prouver que ma muse, tout endormie qu'elle est par la monotonie de notre plat pays, ne vous a point oubliée. Au printemps, pour la réveiller, je l'enverrai dans les sentiers du Parnasse cueillir quelques petites pensées, dont elle vous fera hommage. En attendant je dirai en vers ou en prose, je suis, ma bonne voisine,

Pour la vie
Votre amie
Qui se dit avec raison
Votre humble servante
Très obéissante
Louise Poisson.

LES SOUVENIRS

DE LA

CATHÉDRALE DE CHARTRES ,

Composé à Oinville-Saint-Liphard.

Doux souvenirs, charme de ma pensée,
Venez m'offrir un instant de bonheur ;
Venez, de mon âme oppressée,
Un moment calmer la douleur.
Je t'ai connu, c'est là ma gloire,
,Temple célèbre, antique monument ,
Dont la beauté de ma mémoire
Ne peut s'éloigner un moment.

J'ai vu tes fêtes solennelles,
J'ouïs leurs chants mélodieux.
Ils perçaient tes voûtes si belles
Pour s'aller perdre dans les cieux.

J'ai parcouru ta vaste enceinte ;
Sur tes riches tapis
Et ma main pour la Vierge sainte
Sema la rose et le lis .

Jusque dans ton sanctuaire,
Beau temple, j'ai pénétré.
Quelle était douce, ma prière,
Près de ton autel sacré !
S'y voyait la Reine des Anges
Par eux portée au céleste séjour.
On y chantait ses louanges,
Je lui peignais mon amour.

Rien ne pouvait me distraire,
En vain brillait le rubis.
Qui peut distraire une mère
Quand sa prière est pour son fils ?
De la mienne l'espérance
'Ie faisait sourire au bonheur,
Quand la plus vive souffrance
Se préparait pour mon cœur.

Un ordre trop sévère
M'éloigne de l'auguste lieu [1].
Que ma douleur fut amère,
Beau temple, en te disant adieu !
J'arrosai de mes larmes
Ton antique pilier..... [2]

---

[1] Ce fut la nomination du fils de l'auteur à la cure d'Oinville-Saint-Liphard, village où elle ne put s'habituer, l'isolement et la solitude ayant été de tout temps contraires à la vivacité de son âme qui avait besoin de se communiquer et de se répandre, au risque même de ses plus chers intérêts.

[2] La statue de la Vierge, objet de la vénération et du pèlerinage, est posée sur un pilier que grand nombre de personnes viennent baiser pieusement. Il s'y mêle parfois un culte superstitieux, qui n'est pas rare dans les dévotions populaires, et contre lequel il est du devoir de s'élever, car la piété n'est belle et louable qu'autant qu'elle est éclairée.

Moments remplis d'alarmes,
Je veux vous oublier.
Fuyez de ma pensée,
Vous attristez mon cœur ;
A mon âme oppressée
Vous rendez sa douleur.

SUR LA VIERGE AU PIED DE LA CROIX

COMPOSÉ A OINVILLE – ST-LIPHARD

EN 1834.

O Marie, ô ma mère,
Objet de tant d'amour,
Quelle tristesse amère
Te pénètre en ce jour !
Où te vois-je placée ?
La mort est dans ton cœur ;
Ta belle âme est percée
D'un glaive de douleur.

Sur un lit de souffrance
Tu vois coucher ton fils.
Son sang en abondance
Y coule, tu frémis.
Tu les entends, Marie,
Ces coups, ces coups affreux
De l'infâme qui crie :
Voici le roi des cieux [1].

[1] VARIANTE : En proie à la souffrance,
Sur la croix est ton fils.
Son sang en abondance
S'y répand, tu frémis,

Ces clous, pensée horrible !
Qu'enfonce la fureur,
O mère si sensible,
S'enfoncent dans ton cœur.
De tristesse éperdue,
En ta vive frayeur,
Ta vie est suspendue,
O mère de douleur.

Ce sang que sans mesure
Prodigue un cœur divin,
Il prit, Vierge si pure,
Sa source dans le tien.

ou : A pris, Vierge si pure,

POUR UNE FÊTE

Oinville-Saint-Liphard, 1835.

Quel beau jour pour moi s'apprête !
Qu'il va m'offrir de bonheur !
Demain, demain, c'est la fête
De mon tendre protecteur.
Ce nom semble lui déplaire :
Oh ! je devine pourquoi.....
Un autre aussi je préfère,
Il serait bien doux pour moi.

Avec quel bonheur ma mère
Me faisait balbutier
Ce nom qu'une peine amère
Allait me faire oublier.
Pauvre orphelin, ah ! naguère ! ! !
Mais d'où vient tant de douleur ?
Je n'ai pas perdu mon père,
Il vit dans mon protecteur.

C'est lui dont la bienfaisance
Sécha de mes yeux les pleurs

Et me fit de mon enfance
Oublier tous les malheurs.
Sa bonté si paternelle
Sur le sien forme mon cœur ;
Son issue est le bonheur,
M'ouvre une route bien belle.

Pour offrir à ce bon père
Cueillons ce myrte, ce lis.
Au doux baiser d'une mère
Joignons le bouquet d'un fils.
Mais quoi ! la nuit sur la terre
Vient poser son voile épais.
Ah ! c'est ainsi que mon père
Voudrait couvrir ses bienfaits.

Il me faut remettre encore
A vous cueillir belles fleurs;
Laisser la sensible aurore
Vous humecter de ces pleurs.
Dès le jour, dans ce parterre
Vous me verrez revenir :
Pour vous offrir à mon père,
Oui, je viendrai vous cueillir.

Va se fermer ma paupière.
Il est temps que vers les cieux
Monte ma douce prière.
Oh, quel moment précieux !
Je prie, et c'est pour mon père :
Dieu bon, tu m'exauceras.
Ce qu'il fait pour moi sur terre
Dans le ciel tu lui rendras [1],

¹ L'auteur composa cette pièce de vers pour la fête du curé d'Oinville-Saint-Liphard. Celui qui y parle et qui en fait l'envoi était un jeune homme de quinze ans. Le curé d'Oinville l'avait remarqué parmi les enfants de sa paroisse, il le prit et commença son éducation à l'âge de treize ans et demi. Il l'envoya, dans les premiers mois de 1835, au petit séminaire de St Chéron. Ce jeune homme, nommé François Désiré Gougé, né à Oinville le 14 juillet 1820, avait perdu son père à huit ou neuf ans ; sa mère était restée veuve avec plusieurs enfants et sans aucune espèce de ressources. Elle envoyait le jeune Désiré à l'école durant l'hiver : pendant l'été il servait dans une ferme, à la basse-cour, à titre de ce qu'on appelle en Beauce le porcher. Quoiqu'intelligent, peut-être parce qu'il l'était et qu'il possédait en conséquence une très grande activité d'esprit, il n'avait pu faire sa première communion à l'âge voulu, étant un petit mauvais sujet très mal élevé. Ce refus lui avait mis dans le cœur la haine du curé qui venait de mourir. Le nouveau curé en eut pitié, l'accueillit, lui donna la première place au catéchisme, ayant remarqué la supériorité de son intelligence. L'adolescent, repoussé jusqu'alors, fut très sensible au bienveillant procédé du nouveau curé ; dès ce moment il s'appliqua à devenir bon sujet, aima le curé qui avait reconnu sa valeur, dernier point qui avait flatté son amour-propre.

Désiré Gougé était d'une santé frêle. Il était grand, avait un physique agréable et distingué, une grande finesse d'esprit, ce qui lui donnait infiniment de tact. Il était d'une très grande douceur de caractère et d'une aimable humeur ; il y ajoutait la délicatesse du sentiment. Cette réunion de qualités morales et intellectuelles aida le curé d'Oinville dans son œuvre.

Le jeune homme ne resta pas à St Chéron par suite d'exigences pécuniaires de la part de l'évêque de Chartres, exigences suscitées d'ailleurs par les ecclésiastiques chargés du petit séminaire et qui avaient des préventions contre leur élève. Son protecteur, qui n'était plus curé d'Oinville et qui habitait pour lors Chartres, voyant cela, se refusa très nettement aux exigences de l'évêque, en le prévenant qu'il allait se priver d'un sujet distingué. Cette démarche faite, il le fit recevoir au petit séminaire de Meaux, à 19 ans, afin d'y faire sa rhétorique, car le jeune homme persévérait dans sa détermination d'embrasser l'état ecclésiastique ; autrement, son protecteur lui eût fait terminer ses études, comme externe, au collège de Chartres ; car il ne voulait influencer en rien le jeune homme dans sa vocation. A Meaux, Désiré tomba malade en février 1840 ; une maladie de poitrine se déclara pour la seconde fois. Il vint mourir à Oinville chez sa mère. Sa mort arriva le 31 mai de la même

année. Elle fut celle d'un pieux jeune homme. Voici, du reste
comme l'abbé Chauveau, supérieur du petit séminaire de Meaux,
mort grand-vicaire de Sens, en accueillit la nouvelle.

Meaux, 3 juillet 1840.

Monsieur l'abbé,

« Lorsque votre première lettre qui m'annonçait la mort de notre
cher Gougé m'est parvenue, nous étions occupés de nos premières communions ; la confirmation, l'ordination, les Fêtes-Dieu
ont suivi, et voilà ce qui m'a empêché de vous répondre plus
tôt. Il n'est plus, ce cher enfant, et je conçois, Monsieur, la
douleur que vous avez dû éprouver de sa perte. Votre tâche cependant n'a point été incomplète ; car si Dieu vous a privé de la
consolation de donner un prêtre à son Eglise, vous avez eu le
mérite, je n'en doute pas, de donner un ange au Ciel. Une chose
cependant sera pour vous bien consolante dans votre juste af-
fliction, c'est que tous nos enfants, ses condisciples, l'ont bien
sincèrement regretté ; et une bonne oraison funèbre n'est point
suspecte dans leur bouche ; ils se connaissent si bien ! ils savent
si bien se juger mutuellement. Pour moi, Monsieur, je dois le
regretter encore plus, car j'avais appris à le connaître ; et sa
douceur, sa piété, ses bonnes manières me faisaient espérer
qu'il aurait été un jour la consolation de ses supérieurs, qu'il
aurait rendu de grands services à l'Eglise. Dieu ne l'a pas voulu...»

E. CHAUVEAU, sup.

Maintenant, voilà ce qu'on en pensait à Saint-Chéron à l'époque de cette pièce de vers. C'est le professeur de rhétorique qui
écrivait à l'auteur. « Désiré m'avait annoncé votre lettre et je
me faisais d'avance un plaisir de lire et votre prose et vos vers,
parce que je sais avec quelle âme vous écrivez dans l'un et l'autre genre. Votre petite pièce a été trouvée fort bien ; car j'ai cru
pouvoir la montrer à M. le supérieur, en le mettant dans la
confidence, et j'étais bien aise d'appuyer mon suffrage du sien,
pour ne pas vous laisser l'idée que je vous jugeais avec une
complaisance toute fraternelle. Du reste, il y a longtemps que
vous avez fait vos preuves, et votre muse d'Oinville est bien
celle de Chartres. C'est que c'est toujours votre cœur qui vous
inspire, et que, pour avoir changé d'air, il n'a pas changé de nature. Désiré, pour son compte, m'a paru enchanté de son compliment, et me prie de vous en faire mille remercîments. Il vous
a fort bien comprise et sentie, beaucoup mieux même que je ne
l'aurais pensé. Vous l'avez singulièrement avancé, ce cher enfant. La plupart de nos jeunes gens nous arrivent, à son âge,
avec une politesse dans les manières, une délicatesse dans les

sentiments beaucoup moins développées. Désiré sent, et sait même déjà donner de l'expression à ce qu'il sent. Il ne s'annonce pas moins bien pour cette année (l'année scolaire de 1835-1836) qu'il ne l'avait fait l'année dernière (l'année scolaire de 1831-1835, au milieu de laquelle il était entré à Saint-Chéron.) Je ne sais pas s'il était, comme on vous l'a dit, un des mignons de M. Pie (*), mais ce que je sais c'est que M. Flèche, qui n'a pas de mignons, en est fort content, et en parle comme l'un de ses meilleurs écoliers Je serais bien trompé si Désiré vous faisait jamais repentir de vos bontés pour lui. Il suffit de lui parler de M. le curé ou de Mme sa mère pour voir sa figure s'épanouir. Il aime tendrement ses bienfaiteurs, et sait apprécier tout ce qu'ils font pour lui — M. le curé ne se doutera-t-il point un peu de la pieuse ruse ; cela inquiète beaucoup notre cher enfant. Il s'estime pourtant bien heureux et se fait une grande fête de les lui envoyer. »

Après de tels témoignages, je veux ajouter deux lettres de Désiré Gougé écrites quelques mois avant sa mort à l'auteur.

Madame,

« Mille souvenirs se pressent autour de mon cœur, quand je pense aux moments délicieux qu'il me fut donné de passer avec vous au premier de l'an. Aujourd'hui tout est changé, à l'exception des sentiments qui m'animaient alors ; l'éloignement n'a fait que les accroître. Je vous souhaite donc une année meilleure que celle qui vient de s'écouler, moins semée de peines et de chagrins. Je ne désirerai plus rien quand je vous saurai contente, ainsi que M. l'abbé. Quand est-ce que nous pourrons lui dire : votre bonheur nous rend heureux ? Il sera bien beau ce moment-là, car il se fait bien attendre. Veuille le ciel l'accélérer. Je ne puis vous exprimer combien j'ai été content quand on m'a apporté votre lettre ; comme je l'ai lue avec empressement et bonheur, sans nouvelles depuis un mois et demi, ne sachant pas comment M. l'abbé était arrivé à Chartres, comment ma pauvre mère avait pris les événements. Je savais tout cela après avoir lu votre lettre. Quinze jours après, à peine avais-je fini de lire celle de M. l'abbé, qu'on m'en a apporté une de ma mère. Elle m'aprend elle-même que M. l'abbé lui a écrit une lettre bien consolante, qu'elle a tout pris avec raison, qu'elle n'avait aucune

(*) M. Pie, depuis évêque de Poitiers et cardinal, alors pro... ..eur de sixième au petit-séminaire de Saint-Chéron. L'abbé Pie l'avait effectivement pris en affection. Il témoigna des regrets à la nouvelle de sa mort. Le curé d'Oinville l'avait recommandé d'une manière particulière à M. Pie ; du reste, Désiré se recommandait de lui-même. Il aima toujours M. Pie.

inquiétude tant que je serais entre vos mains; malgré cela, j'ai
cru apercevoir que mon éloignement la contrariait un peu, ce
qui m'est pénible. Je voudrais tant la voir contente! Je lui écri-
rai souvent, ce sera du moins une petite consolation. — Nous
venons d'avoir une retraite. Elle était prêchée par un prêtre vénérable, très instruit et très éloquent, rempli du zèle de la maison de Dieu. Dans plusieurs des sermons qu'il nous a donnés,
il a, sans s'en douter, parfaitement fait mon portrait. Sa parole
était bien douce à entendre. Si du moins mon cœur ne ressem-
blait pas à ce terrain pierreux où le bon grain ne prend point de
racine. J'espère qu'il n'en sera pas ainsi; vos prières m'obtien-
dront la grâce de faire fructifier cette semence salutaire. — C'est
là que j'ai connu mon confesseur. Je ne vous en avais pas parlé
dans ma première lettre, parce que je n'avais pas encore eu le
temps d'examiner s'il me conviendrait. Il est tel que je le dési-
rais et tel que vous me le désiriez. Pendant la retraite, il m'a
fait venir chez lui, où nous avons causé familièrement de différentes choses. Il m'a demandé si je connaissais l'ouvrage de
M. l'abbé (**); pour lui, il en a entendu parler à Dammartin,
mais il ne l'a pas lui. C'est un homme simple, d'une piété angé-
lique, d'une douceur et d'une affabilité extrêmes. Il est directeur
au grand séminaire. Ses traits me rappellent M. Naveau (***), et
sa manière de confesser M. Paquert (****) : ainsi je n'ai rien perdu
du côté de la direction, ce qui est une chose bien importante. —
Ici comme à Chartres, l'Avent a été prêché par différents prêtres
de la ville. M. le Supérieur a prêché le 2ᵉ dimanche, et notre
professeur le 4ᵉ. Ce sont, dit-on, les meilleurs prédicateurs du
diocèse. — On m'apprend que M. Alphonse (*****) fait des démarches pour obtenir une place de juge suppléant. Je souhaite qu'il
réussisse. J'aurai bien voulu être à Chartres pour avoir l'honneur de faire sa connaissance.

  , Daignez agréer les sentiments respectueux avec lesquels j'ai
       l'honneur d'être, Madame, votre très humble et très recon-
          naissant serviteur ,   D. GOUGÉ.
       Meaux, ce 31 décembre (1839).

P. S. — Tout ce que je dis à vous, je le dis pour M. l'abbé. Je
le remercie de sa lettre. Je vous prie de présenter mes souhaits

(*) *Essai sur le succès du Protestantisme au XVI siècle.*

(**) Curé de Baudreville (diocèse de Chartres, où il est mort.

(****) Supérieur du Grand-Séminaire de Chartres et vicaire-général, député par
l'évêque et par le Chapitre au concile de Paris, en 1849. Désiré Gougé avait été son
pénitent. M. l'abbé Paquert, en sortant du séminaire de Saint-Sulpice, avait été
envoyé, en 1836, comme curé-desservant à Rouvray-Saint-Denys, paroisse voisine
d'Oinville-Saint-Liphard. C'est de cette époque que les deux curés se lièrent d'a-
mitié. L'abbé Paquert est mort dans ses fonctions de supérieur et de grand-vicaire.

(*****) M. Alphonse Amy, actuellement président du tribunal de Provins.

de bonne amitié à M. et à M⁼ De Vaux ("""""), et à toutes les autres personnes qui me font l'honneur de s'intéresser à moi. »

Autre lettre.

Madame,

« Je ne dois pas retarder plus longtemps de répondre à votre aimable et bienveillante lettre. J'userai de la permission que vous daignez m'accorder ; je vous parlerai avec cette confiance qu'un fils a dans sa mère : j'ose me dire votre fils, puisque si souvent vous m'avez répété cette douce parole : Désiré, je suis votre seconde mère. Oui, et c'est une douce obligation de plus que j'ai à remplir ; car j'ai deux mères à rendre heureuses ; aussi ferai-je tous mes efforts. Vous et M. l'abbé vous avez été satisfaits de mon bulletin, c'est tout ce qu'il me faut ; c'est la plus belle récompense de mon travail. Je me trouve toujours très bien dans mon séminaire, quant aux affaires spirituelles surtout. J'ai déjà passé de bien doux moments. Vous dites bien vrai : le bonheur est dans le service de Dieu seulement, et les petites peines et les petites contrariétés plus faciles à supporter. — Si chez moi tout va bien quant à l'âme, il n'en est pas tout à fait de même quant au corps. Un rhume très grave qui a commencé le jour où j'ai reçu la lettre de M. l'abbé, c'est-à-dire le 5 février, m'a singulièrement fatigué. Jusqu'au 19, je me suis contenté de passer mes récréations à l'infirmerie et de prendre de la tisane. J'allais en classe ; j'ai même appris mon examen : tout cela m'a empêché de vous écrire plus tôt. Mais depuis cette époque le docteur m'a défendu de quitter l'infirmerie. Depuis dimanche, je suis resté couché à l'infirmerie, non pas que je me sois trouvé plus mal, mais parce que le lit me vaut mieux. Tout mon mal consiste en une oppression de poitrine qui commence à diminuer. En voilà long sur ma santé. Je vous donne tous ces détails, afin que vous puissiez voir en quel état je suis, et que vous ne vous inquiétiez pas. Je tousse encore, mais bien moins que les jours précédents. — Dans ce moment-ci il y a au séminaire beaucoup d'élèves qui sont enrhumés. M. le supérieur n'est pas sorti de sa chambre depuis huit jours. C'est une maladie grave, et non un rhume qu'il a eu. Il va un peu mieux. Je crains aussi que votre santé et celle de M. l'abbé n'aient eu à souffrir du froid. Vous me pardonnerez d'être si bref, je suis un peu fa-

("""""") M. Carra de Vaux, alors substitut du procureur du roi à Chartres, et cousin-germain de Lamartine. — Par Mesdames de Vaux, Désiré Gougé entendait Mᵐᵉ de Vaux et sa mère Mᵐᵉ d'Epinay. Cette famille avait contribué à son entrée au petit-séminaire de Meaux.

tigué, je viens de me lever, j'ai la tête un peu lourde. Je crois bien que vous trouverez des distractions tant que vous en voudrez.

Daignez, je vous prie, recevoir les sentiments respectueux avec lesquels j'ai l'honneur d'être, Madame, votre très humble et très reconnaissant serviteur,

D. GOUGÉ.

Meaux, ce 27 février (1810).

P. S. — Je vous prie de faire agréer mes hommages à Monsieur l'abbé, mes respects à M. et à M⁼⁼ De Vaux, et aux personnes qui s'intéressent à moi. — Voici quelques-unes de mes places : Deux fois le 3e en discours français ; le 1er en version latine ; le 1er et le 2e en vers latins. »

Qu'on me permette de joindre une pièce de vers latins que le jeune homme me composa au commencement de sa troisième pour la fête de son protecteur.

AD CAROLUM

Quos ingrata negat brumali frigore tellus
O flores utinam melior tellure camœna
Suppeditet! sed proh! Phaëtontis amaros
Casus, horrescoque meam reperire ruinam.
Altius egressus Phaëton pro viribus, altum
Volvitur in præceps, ignisque per aera tractu
Fertur, et occumbit mediis in fluctibus audax.
Et, tu musa, mihi tentes audacius impar,
Desine ab incœpto vel talia fata subibis.

Advolat almus amor suavi sic voce locutus :
Pierides patriæ pollecta cupidine laudis
Corda juvant, facilis res est, mihi crede, laboris.
Nec opus est totum multo sudore volumen
Edere, nec lepidis sublimia fundere venis
Carmina. Tantus amor puero Patris! incipe molli
Te sensu donabo, sat est ut natus amorem
Testetur Patri, cùm lux festiva resurget.
Dixerat, et monitis ultro obsequiosus amicis,
Quamvis ingenio minimum succuret Apollo,
Incipiam quocumque modo celebrare parentem
Felicem patriâ cantabo sub œgide natum.

Ceu mansueta fovet nidum, pullosque columba
Et sœvus metuit semper ne vultur ab alto
Irruat, ac teneros illorum devoret artus :
Sic tu, blande Pater, parvis componere magna
Si liceat, sobolem studiosus ab hoste tueri
Adjuto, et certas mores effingere nato.
Quæ tibi, blande Pater, tali pro munere reddam ?
Ante leves piscis torquebit in æthere pinnas,
Aut volucres rupidis sulcabunt æquora pennis,
Quàm subeant animo meritorum oblivia grato.
Vivas ergo, Pater, securaque tempora vivas.
Quotiescumque cadunt, te sospite, sat mihi, Pastor ;
Te semel erepto, quid jàm mihi vita superstes ?
Vivas ergo, Pater, securaque tempora vivas.

D. GOUGÉ

Saint-Chéron, ce 6 novembre (1827).

ÉPITRE A LOUIS [1]

Oinville Saint-Liphard 1836.

Joli bosquet, paisible ombrage,
Que tant j'aimais à parcourir [2],
Non, non, votre si vert feuillage
N'a point quitté mon souvenir.
A son ombre il me semble encore
Cueillir toutes ces belles fleurs
Que la fraîche et sensible aurore
Venait d'humecter de ses pleurs ;
Les admirer avec ivresse,
Les enlacer avec bonheur,
Puis m'éloigner avec vitesse
Oh ! de toi, bocage enchanteur.

A ma mémoire fidèle
Tu viens t'offrir à ton tour,
Gazon dont la fleur nouvelle
Pare si bien le contour.
Sur la pelouse fleurie,
Je songeais à ce beau temps...

[1] M. l'abbé Chouet supérieur du petit séminaire de St-Chéron.
[2] l'arc de St-Chéron.

Qu'une douce rêverie
Fait passer d'heureux moments !

J'avais franchi la colline,
Que le jour me vit gravir ;
Je m'arrête, j'examine
Toutes mes fleurs à loisir.
Ma fuite qui fut trop prompte,
Rendait leur nombre incomplet ;
Je les compte, et les recompte,
Une manque à mon bouquet.
Je prends œillet, jasmin, rose ;
Je cherche, mais c'est en vain :
Cette fleur, étrange chose !
Je la tenais dans ma main.

Soudain, douce pensée,
Je me rappelle avec bonheur
Que je t'avais laissée
Dans ces lieux si chers à mon cœur.
Louis, sous votre ombrage
J'ai laissé ma timide fleur ;
Je veux vous en faire hommage
Dans ce jour de bonheur [1].
Prenez-la, je vous la donne.
Qu'elle soit une de plus.
Pour embellir la couronne
Que méritent vos vertus.

---

[1] St Louis de Gonzague 21 juin fête de M. le Supérieur de St-Chéron.

Voici la lettre de remerciement adressée par M. le Supérieur de St-Chéron à l'auteur,

Madame,

Quoique vous ayez eu la délicatesse et la modestie de vous dérober sous le voile de l'anonyme, j'ai reconnu, sans peine, de quelle main partaient les apostrophes gracieuses dirigées à mon adresse. Le mérite a beau faire, il ne saurait si bien prendre ses mesures, qu'il ne se trahisse par quelque endroit. La poste de Thoury s'est d'abord chargée de me mettre sur la voie. Les favoris des muses sont, je l'imagine, bien faciles à compter dans ces environs-là : et bientôt, l'élégance de la pensée, la facilité du vers et d'autres qualités essentielles à la poésie, m'ont fait voir, à n'en pas douter, que madame Poisson avait eu la bonté de penser à moi et de vouloir bien aussi célébrer la Saint-Louis.

Il me faudrait, madame, pour vous en témoigner dignement ma reconnaissance, employer un langage qui fût plus en harmonie avec le vôtre. Mais il n'est pas donné à tout le monde.... Il faut naître poète, on ne le devient pas. Veuillez donc, je vous en prie, me tenir quitte avec un *je vous remercie* qui, pour ne vous être pas présenté dans la langue des dieux, n'en est pas moins l'expression d'un cœur reconnaissant.

Désiré n'a pas défiguré votre ouvrage, madame. Il a bien débité son compliment. Je suis persuadé, pourtant, que l'auteur lui eût encore donné plus de grâce.

Agréez, je vous prie, l'assurance du respect avec leque j'ai l'honneur d'être, madame, votre très humble et très obéissant serviteur,

2 juillet   L. CHOUET.

POUR UNE FÊTE [1]

Oinville St-Liphard, 1826.

Dans ce jour pour nous si prospère,
Oui, bien grand serait mon bonheur
Si, pour fêter notre bon père,
Mon esprit secondait mon cœur.
A ses vertus quand tout s'empresse
A rendre hommage en ce beau jour,
Moi, qui les admire sans cesse,
Je ne puis les peindre à mon tour.

De tant de vertus l'assemblage
Offre le plus brillant tableau ;
Ma muse encor dans le jeune âge
Ne peut peindre un sujet si beau.
Plaignez, mes amis, ma jeunesse ;
Plaignez mon dépit, mon chagrin
De taire en ce jour d'allégresse
Ce que tous vous chantez si bien.

[1] Cette pièce de vers fut composée par l'auteur à la demande de
Désiré Gougé pour la fête du supérieur de St-Chéron.

Que n'ai-je, hélas ! votre éloquence ?
Avec quel bonheur je peindrais
A Louis ma reconnaissance.
A ce bon père je dirais :
Louis, quand le ciel vous fit naître
Ce fut pour nous un jour heureux.
Vos tendres soins le font connaître,
Ils sont pour nous si généreux.

En vous retrouve un autre père
Celui qui fut privé du sien.
De l'orphelin la larme amère
Est recueillie en votre sein.
De vos enfants le si grand nombre
Ne peut effrayer votre cœur ;
Toujours vous les mettez sous l'ombre
De l'aile sainte du Seigneur.

Votre tendre et si doux langage
De bonheur enivre les cœurs.
Près de vous toujours davantage
Les vertus offrent de douceur.
Sur les vôtres prenant modèle,
Comme vous, que je sois un jour,
Du Seigneur ministre fidèle,
Rempli de ferveur et d'amour.

LA VIERGE DU HAMEAU

Composé à Oinville-Saint-Liphard, en 1836.

Reine des cieux, aimable souveraine,
　　Marie, ô mère d'amour,
　L'aurore à tes pieds me ramène,
　　Sous ton ombre j'attends le jour.
Dans le hameau quand tout sommeille encore,
　　Je veille. Une douce clarté
　　M'annonce cette belle aurore,
　　Dont tu surpasses la beauté.
　　Oui, sur elle tu l'emportes,
　　Vase d'or, vase lumineux.
　　Du jour l'aurore ouvre les portes,
　　Tu nous ouvres celles des cieux.
　　Du matin étoile brillante,
　　　Eclaire ce hameau ;
　　　D'une foi mourante
　　　Rallume le flambeau.

　Mais, quel bruit charme mon oreille ?
　Dans le bocage d'alentour

La fauvette en chantant s'éveille,
Son chant est un chant plein d'amour.
Du hameau la cloche argentine
Du faible oiseau couvre la voix :
En ton honneur, mère divine,
La cloche va tinter trois fois.

A l'aurore vermeille
Va succéder le jour.
Au son de l'airain tout s'éveille
Et te prie avec amour.

De son berceau la mère vigilante
Lève son joyeux enfant,
Prend sa main caressante,
La baise en lui disant :
Le petit enfant qui prie,
Le bon Dieu le bénira ;
A la Vierge Marie
Adresse un ave Maria.
Cet ange de la terre
D'un air tout gracieux
Te salue, vierge mère,
Avec l'ange des cieux.

Du jour déjà la lumière
Paraît sur nos côteaux,
Chacun a quitté sa chaumière
Pour retourner à ses travaux :
A ta chapelle solitaire,
Marie, il n'est que moi

Dont la douce prière
S'élève jusqu'à toi.
Que tu parais, vierge . . .,
Que tu parais belle à mes yeux
Sous ce dôme de verdure
Où te placèrent nos aïeux.
Dans la cité, que la noble sculpture
Décore tes monuments,
Seule ici la nature
T'embellit de ses présents.
Dans la cité, l'or, la topaze
Brillent sur tes autels;
Ici du lin la simple gaze
Parent la mère des mortels.
Dans la cité, sur ton front l'on dépose
Le diamant, le rubis;
Ici rien qu'une rose,
Qui s'unit avec le lis.
Dans la cité, d'une main fière,
Le riche t'offre ses présents;
Pour t'offrir ici la bergère
N'a que la fleur des champs.
Pour la cité, vierge sainte,
Réserves-tu tes faveurs ?
Aurais-je cette crainte,
Quand ton amour est dans nos cœurs;
Que celui qui te prie
Est embrasé d'amour?
Que ne puis-je à tes pieds, Marie,
Que ne puis-je passer le jour!

Mais l'heure me rappelle

Dans nos fertiles champs,
Il faut, vierge si belle,
Te quitter ; c'est pour peu de temps
A couper l'herbe fleurie
Agile sera ma main.
Pour te revoir, Marie,
Je n'attendrai pas demain ;
Sitôt que du soir la rosée
A nos champs rendra leur fraîcheur
Oui, je viendrai t'offrir une pensée,
Une rose, et mon cœur.

ENVOI DE LA VIERGE DU HAMEAU.

C'est l'amitié, ma bonne Rose,
Qui t'adresse un doux souvenir.
De l'amitié, la moindre chose,
Tu le sais, fait toujours plaisir.
Sensible Rose, à te plaire
On ne peut mieux réussir
Qu'en t'offrant la divine mère
Que ton cœur sait si bien chérir.

(Plus tard l'auteur continua ainsi sa *Vierge du hameau*; elle en fit une véritable idyle).

Elle dit. D'un pas léger elle franchit le hameau, arrive aux champs, coupe et enlace l'herbe et ses fleurs. Une de celles-ci semble se dérober à ses yeux : c'est une timide pensée qui se cache dans l'ombre, laissant au bluet l'orgueil de faire admirer son bleu céleste.

Douce fleur, dit la bergère;
Pure comme mon amour,
Sous cette mousse légère
Reste cachée au grand jour.
Tandis que dans la prairie
Le soleil flétrit chaque fleur,

13

Toi, que je destine à Marie
Ici conserve ta fraîcheur.

Qu'une pensée est agréable lorsqu'elle fait naître un doux souvenir ! mais qu'elle est amère, lorsqu'elle rappelle un bonheur qui n'est plus ! Une pensée arrive, vient troubler la bergère ; elle devient rêveuse ; sa faucille tombe de sa main. Elle s'assied sur l'herbe qu'elle avait mise en monceau ; puis elle chante bas, bien bas, pour n'être pas répétée par l'écho, cette petite romance villageoise :

Une pauvre bergère
Qui se voyait sur terre
Sans parents, sans secours,
Allait dans sa misère,
Allait pleurant toujours.

Des malheureux la mère,
En qui le pauvre espère,
Sensible à ses malheurs,
Lui fait trouver un frère
Pour essuyer ses pleurs.

La bergère si tendre,
Heureuse de l'entendre
La nommer bonne sœur,
Vite lui fait comprendre
Le tourment de son cœur.

Il bannit ses alarmes,
Il fait cesser les larmes
Que causait sa douleur.
De la vertu les charmes
Lui rendent le bonheur.

La sensible bergère,
Trouvant dans ce bon frère
Un si tendre secours,
Près de lui sur la terre
Voulait passer ses jours.

Mais, ô peine cruelle,
Un ordre la rappelle
A ses prés, à ses champs.
Adieu, bon frère, dit-elle,
Sera-ce pour longtemps?

Comme le bon Dieu voudra, dit la bergère en repre-
nant sa faucille. On s'étonnera de la voir passer d'une
vive émotion à cette subite tranquillité. Elle avait appris de son frère à se soumettre à Celui de qui tout
dépend. Ce qui fit passer ce léger nuage de tristesse
comme un léger nuage qu'un vent frais a bientôt dissipé.

Le jour touchait à son déclin; le soleil couchant,
chargé d'humides vapeurs, annonçait que bientôt la
rosée allait rendre aux champs la fraîcheur dont l'aurore les avait embellis. La bergère n'a point oublié sa
promesse, elle dirige ses pas vers un sentier bordé de
rosiers; leurs roses semblent avoir échappé aux feux
du jour. En levant les yeux pour découvrir la plus
belle, elle aperçoit qui? celui qui venait d'occuper sa
pensée. La surprise la fait reculer d'un pas; la joie la
fait se précipiter vers lui. Ces mots si expressifs, pour
ceux qui savent les comprendre, se confondent ensemble :

C'est vous, dit la bergère,
C'est vous, ah ! quel bonheur.

C'est moi, c'est votre frère.
C'est vous ! ! !

Elle ne peut achever, son frère devine le reste : deux cœurs qui savent s'entendre se comprennent aisément. Avant que ces deux cœurs puissent se livrer à un mutuel épanchement, il leur faut un peu de repos et de calme.

Près du sentier surnommé celui des roses est un banc de mousse ; là le voyageur, en contemplant les richesses de la nature, respire un doux parfum. Venez, mon frère, venez sur ce banc, dit la bergère, il vous retracera celui où, conduit par le protecteur de l'infortuné, vous vîntes me trouver pour me faire connaître toute l'étendue de la Providence. Je me croirai à ce temps où mon cœur, s'épanchant dans le vôtre, retrouvait le calme que le malheur lui avait ravi. Ce cœur si sensible a été souvent bien triste depuis notre séparation ; la Mère des affligés en a eu pitié, plus d'une aurore me trouva à ses pieds. La bergère s'arrête, laisse parler son frère. D'une oreille attentive elle écoute son récit des grandeurs de Marie ; ses yeux humectés de pleurs prouvent que ce récit a pénétré dans son cœur. Dans sa vive émotion, elle s'écrie : Vous aimer, Marie, c'est le bonheur !

Les légères vapeurs du soir avaient rafraîchi la terre ; la nuit allait la couvrir de son voile ; tous s'apprêtent pour le retour au hameau ; la bergère se lève, prend la main de son frère et lui dit : Allons tous deux offrir à Marie ce que seule je lui promis ce matin, une rose. Mais toutes s'effeuillent dans mes doigts. C'est l'orgueil qui les fait périr. Vaines de leur beauté, elles l'ont exposée au grand jour, ses feux l'ont flétrie. En vain la rosée humecte leur corolle, elles s'effeuillent : l'aurore les vit naître, le soir les voit mourir. Plus modeste fut cette douce pensée, dit la bergère, en levant la mousse dont elle l'avait couverte ; dérobée à l'éclat du jour, elle a conservé ses couleurs dans toute leur fraîcheur, je puis l'offrir à Marie. Puis découvrant en entier la mousse qui cachait la timide fleur, elle dit :

> Ne crains rien, timide pensée,
> Si ma main vient te découvrir,
> Dans celle où tu seras placée,
> Non, tu n'auras pas à rougir.

Puis avec cette expression qui part du cœur, elle ajoute :

> Je vais t'offrir à Marie,
> L'auguste reine des cieux ;
> D'un Dieu c'est la mère chérie,
> Que ton sort sera glorieux !

Son frère, en lui entendant chanter les grandeurs de Marie, ne peut s'empêcher de se complaire dans la pensée que c'était lui qui avait formé cette voix. Il se garde bien d'en faire rien paraître, de peur qu'un mouvement d'orgueil n'imprime une tache dans un cœur qu'il avait pris soin de former. La bergère le devina, ne lui en dit rien, mais ne lui en sut pas mauvais gré.

Rien ne peint mieux le calme champêtre, surtout dans cette Beauce si fertile, que le retour au hameau Le laboureur monte sur sa lourde monture qui traîne lentement le fer tranchant qui vient de sillonner son

champ ; fredonne le refrain que chantaient ses aïeux.
La jeune fille, la tête chargée d'herbe dont les fleurs
se jouent sur son front, avance d'un pas leste, tandis
que la jeune mère ralentit le sien pour ne pas forcer
la marche du jeune enfant que sa main soutient dans
le sentier fraîchement humecté. A leur suite est le pâ-
tre, dont le chien fidèle a soin de faire marcher devant
lui son troupeau rassemblé.

La bergère et son frère, éloignés de cette bande heureuse, s'aperçoivent que la nuit va les surprendre, ils
hâtent leurs pas, arrivent à temps à la chapelle du hameau pour saluer trois fois avec l'ange la plus pure des
vierges. Tous deux sont aux pieds de Marie. La bergère d'une voix émue lui dit :

Ce matin, Vierge si belle,
Je te promis dans mon amour
De revenir à ta chapelle
Sitôt que finirait le jour.
Je promis, et dans la prairie
La nuit m'a surprise dehors :
Cette nuit m'accuse, Marie,
    D'un tort qui n'est pas mon tort.
Celui que ta bonté touchante
    Me fit trouver pour appui
Est venu d'une longue absence
    Me faire oublier l'ennui.
Avec tout le bonheur d'entendre
    Encore sa douce voix,
    La nuit vint me surprendre
    Comme elle fit tant de fois.
    Au moment de sa venue,

D'un frère le récit touchant
Livrait toute mon âme émue
Au bonheur le plus grand.
Une vive tendresse
Mouillait mes yeux de pleurs d'amour ;
Ne voyais plus dans mon ivresse
S'il faisait nuit, s'il faisait jour.
Marie, aisément se devine
D'où venait ce doux émoi :
Mon frère, Vierge divine,
Mon frère parlait de toi.
A tes pieds je l'amène ;
Sur tes enfants heureux,
Aimable souveraine,
Laisse tomber tes yeux.
Exilés sur la terre,
Prête-leur ton secours ;
Daigne dans leur misère
Les protéger toujours.
Vierge de grâces remplie,
Maison d'or, vase d'amour,
Fais dans la céleste patrie
Qu'ils se trouvent tous deux un jour.

Puis montant les degrés de l'autel, la bergère offre
sa pensée à Marie en lui disant :

Ce matin, mère chérie,
Je te promis dans mon bonheur,
A mon retour de la prairie,
Une pensée, une rose et mon cœur.
Dans ma recherche empressée,
Je n'ai trouvé pour toute fleur

Que cette timide pensée,
Emblème de ta douceur.
La rose par l'orgueil flétrie
Était indigne de tes yeux ;
  Pour la remplacer, Marie,
Au lieu d'un cœur en voici deux.
A ton fils, mère de grâce,
Présente-les à ton tour.
Et que tous deux il les place
Dans le sien rempli d'amour.

La bergère place sa pensée sur le cœur de Marie
baise l'antique pilier, et va se remettre aux pieds de
l'auguste Vierge.

LE TEMPLE DE MARIE
(Notre-Dame de Chartres)

A M. L'ABBÉ LECOMTE,
CURÉ DE LA CATHÉDRALE DE CHARTRES
(mort en décembre 1850.)

En proie à toute sa douleur,
Une pauvre veuve éplorée
S'écriait : ah ! dans mon malheur
De tous je me vois délaissée.
De mon hymen toi le doux fruit,
Qui donc protégera ta vie ?
Une voix secrète lui dit :
Ce sera la Vierge Marie.

A ce nom rempli de douceur,
Se ranime tout son courage ;
Pressant son fils contre son cœur,
L'embrasse et lui tient ce langage :
Aimable enfant, ô fils chéri,
Ici-bas que de perfidie !
Viens, je vais t'en mettre à l'abri
Dans le beau temple de Marie.

13.

Avec lui dans le même instant
Vers ce temple elle s'achemine,
En implorant pour son enfant
Une protection divine
Ne redoutez plus rien pour eux,
Ames sensibles, je vous prie,
Regardez-les marcher tous deux
Sous les auspices de Marie.

La forte main qui les conduit
A travers tout leur fait passage.
Le plus doux espoir leur sourit
Va se terminer leur voyage.
Déjà se montrait à leurs yeux
Les tours de la cité chérie,
Les tours qui menaient nos aïeux
Dans le beau temple de Marie.

C'en est fait, tous deux sont entrés
Dans cette ville révérée ;
Ils ont monté les hauts degrés,
Et sont dans l'enceinte sacrée.
Sous un joli dôme de fleurs,
Exhalant des cieux l'ambroisie
Aperçoivent nos voyageurs
Le pilier béni de Marie.

Tout éclatante de splendeur
Ils voient la bonne Vierge Sainte ;
Dans leur joie et leur bonheur,
Ils ont oublié toute crainte ;
Traversant le riche tapis
Où la jeune fille fleurie

Broda les œillets et les lis,
Ils tombent aux pieds de Marie.

Toi la mère des affligés,
Lui dit la veuve toute émue,
Sur tes deux pauvres protégés
En ce moment jette la vue
La puissante reine des cieux
De leur malheur est attendrie.
Non, non, jamais les malheureux
En vain n'ont invoqué Marie.

Elle élève sa douce main,
Paraît un ange tutélaire
Qui conduit le jeune orphelin
Dans l'enceinte du sanctuaire.
Mais toi, si tendre mère, hélas !
Qui pour ton fils te sacrifies,
Veuille ne méconnaître pas
Qu'il est sous l'ombre de Marie.

Regarde, près le saint pilier
Cet humble ministre qui prie,
Le monde, l'univers entier
Dans son doux transport il oublie.
De son âme la vive ardeur
L'élève en la sainte patrie,
Reconnais donc à sa ferveur
Le beau serviteur de Marie.

De m'obéir vous si jaloux,
Lui dit l'aimable souveraine ;

De cette veuve approchez-vous,
Venez en adoucir la peine ;
A vos sons soins, à votre douceur,
Beau serviteur, je la confie.
Apprenez-lui tout le bonheur
Qu'on éprouve à servir Marie.

Elle dit, puis au même instant
Il se lève. O prodige étrange !
La pauvre veuve en le voyant
Croit revoir encor le même ange [1]
Jadis objet de tant d'effroi.
Dans sa surprise elle s'écrie :
Devrais-je craindre ? c'était toi
Qui me l'envoyais, ô Marie.

Du serviteur l'air gracieux
De la veuve a calmé l'alarme ;
Cependant encor de ses yeux
On voit s'échapper une larme.
Et dans l'abandon de son cœur,
Elle confia de sa vie
Et le tourment et le malheur
Au beau serviteur de Marie.

Ne craignez rien, ma bonne enfant [2]
Lui dit ce serviteur fidèle ;
A vos côtés à tout instant
Est notre Vierge toute belle.
Que l'aimer, que suivre ses lois
Devienne votre unique envie.

[1] L'auteur fait allusion à l'apparition de son enfance.
[2] Expression ordinaire de celui à qui ces vers furent adressés.

Oh ! qu'elle était douce, la voix
Du beau serviteur de Marie.

Elle a fait cesser la douleur
De la veuve tant désolée.
On la voit sourire au bonheur,
Oublier sa peine passée.
Dans son cœur un beau sentiment
Lui fait jurer toute sa vie
Le plus fidèle attachement
Au culte aimable de Marie.

STATION

A LA CHAPELLE DE LA SAINTE VIERGE
DE LA CATHÉDRALE DE CHARTRES
APRÈS LA COMMUNION. — IMPROMPTU

(Chartres)

Astre brillant de cette enceinte,
Si doux refuge du malheur,
Source de grâce, Vierge Sainte,
Vers le tien s'élance mon cœur.
Marie, oh ! comme il va te plaire
Ce cœur tout enflammé d'amour !
Plus rien ne l'attache à la terre,
Il vole au céleste séjour.

Ton fils, quel prodige admirable !
Des cieux le maître souverain,
M'enivre du sang adorable
Qui prit sa source dans ton sein.
Jésus, dans son amour extrême,
Pour mon bonheur n'épargne rien,
Me donne tout jusqu'à lui-même,
Met dans mon cœur le feu du sien.

C'est à toi, c'est à toi, Marie,
Que je dois ma si vive ardeur.
De mes maux tu fus attendrie,
Tu me fis revivre au bonheur.
Marie, achève ton ouvrage,
Mets le comble à tous tes bienfaits ;
Dans ce cœur qui te rend hommage
Fais que ton fils vive à jamais.

Vous, belles fleurs dont ma tristesse
Me fit oublier la fraîcheur,
Soyez témoin de mon ivresse
Aussi pure que votre odeur.
Toi, pilier que ma bouche presse [1],
Recueille mon tendre soupir ;
De ce jour rempli d'allégresse
Conserve-moi le souvenir.

[1] Le pilier qui porte la statue de la Vierge noire.

MES REMERCIMENTS

A MON JEUNE ALBERT [1].

Bague charmante,
De mon Albert joli présent,
Dans tout le plaisir qui m'enchante,
Tu me sembles un diamant,
    Bague charmante.

Plus je t'admire,
Plus tu parais belle à mes yeux.
Oui, blanche bague, tu m'inspires
Un sentiment délicieux,
    Quand je t'admire.

La perle blanche
Qui se marie avec ton or
Me peint la douceur de cet ange
Dont l'âme si candide encor
    Est toute blanche.

Bague chérie,
Que l'amitié sut embellir,
De mon Albert toute la vie
Conserve-moi le souvenir
    Bague chérie.

1 Albert, fils aîné de M. Carra De Vaux, alors substitut du procureur du roi à Chartres. L'enfant était âgé de sept à huit ans ;
il avait fait une petite bague en perles blanches et en perles do-
rées, et l'avait donnée avec grand plaisir à l'auteur. L'auteur a
conservé cette bague, sans doute à cause de la bonne affection
qui l'unissait à la famille De Vaux.

POUR UNE FÊTE

VERS COMPOSÉS, POUR ALBERT DE VAUX
AFIN QU'IL LES RÉCITAT A LA FÊTE DE SON PÈRE

(Chartre·)

De papa, c'est demain la fête,
Disais-je hier en m'éveillant ;
Vite cherchons dans notre tête
Pour le fêter un compliment.
Si, pour me rendre plus sublime,
Je peignais en joli latin
Le doux sentiment qui m'anime,
Cela me semblerait très bien.
Or, bonne maman qui m'écoute,
Me fait connaître, en souriant,
Que mon désir est bon, sans doute,
Mais qu'il n'est qu'un désir d'enfant,
Eh bien ! dis-je, de ma semaine
Je présenterai le tableau.
Je compte les jours, autre peine,
Un ne me semble pas très beau [1].

[1] L'enfant d'un naturel doux et gentil avait de temps en temps
de petit accès de colère un peu violents.

Que dire donc à ce bon père ?
Mon cœur vient de me le dicter :
Tendre papa, bien je l'espère,
Ton Albert saura t'imiter.
De tes vertus la douce image
S'imprime déjà dans mon cœur.
Ce cœur qui sera ton ouvrage
Du tien fera tout le bonheur.

FRAGMENTS

(Chartres 1810)

Sur le penchant d'une colline
Camille assise tristement
Recueille en son âme chagrine
De ses ennuis tout le tourment.
Dans ses yeux se peint la souffrance
Que vient de méditer son cœur,
Soupire, puis ainsi commence
Le triste chant de sa douleur:

Qu'une peine semble cruelle
Quand la précéda le bonheur.
Oui, tout ici me renouvelle
Un souvenir plein de douleur.
C'est en vain que de ma pensée
Je voudrais pouvoir le bannir;
Plus mon âme en est oppressée,
Plus mon cœur aime à s'en nourrir.

Que ta pente était douce et belle,
Colline, au matin de ce jour

Où je foulais l'herbe nouvelle
Pour gravir vers l'heureux séjour
Dont ici je découvre encore
Les sentiers, les bosquets touffus,
L'aubépine qui les décore.....
Mais un objet ne s'y voit plus !

De l'amitié cette tourelle
N'offre hélas ! que tristes débris.
Ce sentier qui conduit vers elle
N'est plus bordé que de soucis.
Ils remplacent la violette.
Cet emblème de la candeur
Ne pourra plus, pauvre retraite,
Te parfumer de son odeur ! ! !

Sur ton mur la rose nouvelle
Ne pourra plus s'épanouir.
Le printemps ne peut rien pour elle.
A ton pied elle va périr.
Ces beaux myrtes, heureuse image
De l'amitié, de ses douceurs,
Ont cessé d'en être le gage,
N'offrant plus que mourantes fleurs.

Tourelle vite abandonnée
Pour la ville et pour sa splendeur,
Du temps, retraite infortunée,
Tu subis aussi la rigueur.
Comme toi de son inconstance
Je sens aussi tout le malheur.
Ta vue augmente ma souffrance;
Te voir, ah! c'est trop pour mon cœur.

Seigneur, quand dès nos premiers jours
Du tendre appui de notre enfance
Tu nous séparas pour toujours ;
Fût-ce l'oubli de ta clémence ?
Je n'accuse pas ta bonté ;
Mais, dans cette perte cruelle,
Je respecte ta volonté,
Je bénis ta main paternelle.

EPITRE A M. LOUIS D***

Sensible muse, ô compagne fidèle
De mes ennuis comme de mes plaisirs,
Nouveau sujet auprès de moi t'appelle,
Reviens encor seconder mes désirs.

Dans ce beau jour anime ma pensée,
Fais la répondre aux élans de mon cœur,
Que le souci dont elle est ombragée
Soit dissipé par ta douce fraîcheur.

Transporte-moi dans cette belle enceinte
Où je voudrais qu'on me comptât de plus;
Tendre innocence y bravant toute atteinte,
Par son hommage embellit les vertus.

Séjour heureux, dans ton brillant parterre
Au moins permets que je puisse cueillir,
Fleur à mon cœur désormais nécessaire;
De l'en priver le ferait trop souffrir.

Oui, c'en est fait, de la tige légère
Je te détache, aimable et tendre fleur.
Entre mes mains de la faux meurtrière
Tu n'auras plus à craindre ma fureur.

Que tu me plais, douce et belle pensée,
Rien à mes yeux n'égale ta valeur;
Par moi jamais ne seras délaissée;
Te conserver fera tout mon bonheur.

Deviens mon bien, deviens ma jouissance.
Expression du plus pur sentiment,
Gage assuré de ma reconnaissance,
Qu'en toi toujours s'en retrouve l'accent.

OFFRANDE DE MA PENSÉE

Louis, de ma modeste fleur
Ah! daignez accepter l'hommage.
Sa naïveté, sa candeur
De vous plaire auront l'avantage.
Un peu trop sombre est sa couleur,
Bientôt on la verra plus belle:
La reconnaissance en mon cœur
Pour vous va la rendre immortelle.

Louis, de ma modeste fleur
Ah! daignez accepter l'hommage.
Sa naïveté, sa candeur
De vous plaire auront l'avantage.
Du temps l'inflexible rigueur
Ne pourait influer sur elle;
La reconnaissance en mon cœur
Pour vous sait la rendre immortelle.

ROMANCE

Air : *Qu'ils sont aimés, grand Dieu, tes tabernacles*

Chartres, 1816.

Séjour charmant dont ma muse ravie
Chantait si bien le plaisir, le bonheur,
Dont la pensée embellissait ma vie.
Hélas ! il faut t'éloigner de mon cœur.

Ne plus parler à tes riants bocages,
A tes lauriers, à tes myrtes touffus ;
Même oublier ces paisibles ombrages
Où je rêvais au bonheur qui n'est plus.

Oublier tout jusqu'à cette tourelle
Qu'un blanc jasmin entoure de ses fleurs,
L'uni sentier qui vous conduit vers elle,
Tous ses dehors que l'on trouve enchanteurs.

De ton parterre éloigner la pensée
Que j'y laissai ce beau jour de printemps.
La douce fleur, je la croyais placée
Sous tes lauriers à l'abri des autans.

14

Je me disais : non, du temps l'inconstance
Ne pourra rien sur ma sensible fleur ;
Je me trompais, la plus vive souffrance
De ma pensée a perdu la fraîcheur.

Ingrat séjour, quand par ton injustice
Tu me ravis mon bonheur en entier,
Le croiras-tu ? le plus grand sacrifice
Sera pour moi celui de t'oublier.

Mais il le faut, une voix bien puissante
Se fait entendre et me dit d'obéir.
A cette voix la mienne gémissante
Répond tout bas : t'oublier, c'est mourir [1].

1 Ces vers ont été les derniers de l'auteur. Frappée d'un coup
bien sensible, elle vit combien on l'avait jouée avec de belles et
doucereuses paroles. Elle avait jugé d'après son imagination, elle
fut cruellement désillusionnée ; ceci fut un coup mortel pour son
âme confiante, aimante et sensible ; au lieu de dévouement, elle
rencontra la déloyauté ; or elle avait tout droit de s'attendre
qu'il en fût autrement.

PETITE PIÈCE
POUR LA FÊTE DU MARI DE L'AUTEUR

SCÈNE PREMIÈRE.

EUPHROSINE *entrant avec des livres, qu'elle pose sur la table, dit :*

Mes devoirs sont faits, je serai libre le reste de la journée.

CLÉMENTINE *entre et dit en prenant un petit panier qui est sur une chaise :*

Depuis tant de temps que je le cherche

Elle passe son bras dans l'anse du panier et dit à Euphrosine, tout en mettant ses gants :

Pendant que je vais au clos chercher des fleurs, occupe-toi avec Mathurine du soin de préparer ce qui est nécessaire pour notre petite fête. Range la table, les chaises. Ne laisse rien traîner. Que tout soit prêt à l'arrivée de papa. Entends-tu bien, Euphrosine?

EUPHROSINE *en se retournant*

Très bien, très bien, Mademoiselle ; tandis que vous vouspromènerez, je serai gardienne de la maison.

CLÉMENTINE

Ne te fâche pas, ma chère sœur; on peut s'arranger. Prends mon panier, va rejoindre maman ; je resterai ici, je pourrai m'occuper d'un petit couplet que je veux faire.

EUPHROSINE

Un couplet ? ? ? (*elle rit*).

CLÉMENTINE

Pourquoi pas? Faut-il tant d'esprit pour chanter ce que l'on aime? Mon idée te fait rire, je n'en suis pas fâchée, nous nous expliquons plus gaîment. Il est donc décidé que je reste. Hé bien ! quoi, tu ne pars pas? Cela m'arrangerait pourtant mieux.

EUPHROSINE

Non, réflexion faite, je reste. Je ne cours pas aussi bien que toi. Et puis, je ne veux pas te contrarier. Ce serait mal commencer un si beau jour.

CLÉMENTINE

Comme tu voudras. Adieu. (*à part en s'en allant*) Le moyen de la faire rester était de lui proposer de partir. On a bien raison de dire que, si l'esprit de l'homme est contrariant, celui de la femme l'est bien davantage.

SCÈNE II.

EUPHROSINE *seule.*

La voilà partie, et sans beaucoup de paroles, chose qui ne manque pas à notre chère Clémentine. (*Elle prend une table*) Profitons de son idée. Je suis seule ot pour longtemps : les fleurs dans cette saison ne sont pas faciles à trouver. Dans le fait, est-il si difficile de chanter ce que l'on aime. Essayons. (*elle prend une chaise*) Maman dit que pour bien versifier il faut se pénétrer de son sujet. Cela m'est aisé, papa est toujours présent à ma pensée. Peut-on être meilleur que lui ? Non, cela est impossible. Combien il nous aime ! Aussi combien nous l'aimons ! Tout cela est vrai, mais ne fait pas des vers. Maman dit encore que le premier est le plus difficile à trouver. Elle a bien raison, maman. Je désespère de réussir. N'importe, je vais écrire tout ce que mon cœur pense. (*Elle écrit*)

SCÈNE III.

. Elisa *entre doucement et regarde Euphrosine.*

A merveille, à merveille. Que l'on vienne me dire que mon amie n'aime point étudier.

Euphrosine *se levant*
Ah ! c'est toi, ma chère Élisa, tu m'as fait peur.

Élisa
Tu étais d'une application..... Que de papiers !

Euphrosine
Oui, pour écrire quelques lignes.

Élisa
Veux-tu me permettre de les lire ?

Euphrosine
Très volontiers. J'écris sans savoir, ou pour mieux dire, j'écris le dépit que j'éprouve.

14.

ÉLISA

Et tu l'exprimes en vers ?

EUPHROSINE

En vers ? tu te trompes. Je me dépite de n'en pouvoir faire.

ÉLISA

Comment de n'en pouvoir faire ? Mais, lis donc, ils sont charmants.

EUPHROSINE

Quoi ! j'aurais réussi sans m'en douter ? Mais, en effet, ces rimes s'accordent assez bien. Je crois même qu'elles peuvent se chanter.

> Mon bonheur serait extrême
> De pouvoir en ce beau jour
> Offrir à celui que j'aime
> L'expression de mon amour.
> Papa, quand ton Euphrosine
> Sent le plaisir de t'aimer,
> Ah ! combien elle est chagrine
> De ne pouvoir l'exprimer !

> Une naïve pensée
> Aurait orné ton bouquet,
> Hélas ma muse obstinée
> Vient déranger mon projet.
> Essayons toujours d'écrire
> Ce que je veux t'exprimer.
> Faut-il tant d'art pour te dire :
> Mon bonheur est de t'aimer ?

Me voilà poète sans beaucoup d'étude. Je le vois,

tendre papa, nous savons trop bien vous aimer pour
ne pas savoir vous le dire. Notre respect, notre amour
pour vous ne peuvent se taire.

ÉLISA

Que j'aime à voir, ma chère Euphrosine, la douce
émotion de ton cœur; elle me prouve combien il sait
aimer. Elle est une garantie pour notre amitié.

EUPHROSINE

Elle sera toujours la même. Nous partageons les
mêmes sentiments; nous n'avons point de secrets l'une
pour l'autre. Tiens, nous sommes ensemble comme
maman et ma sœur.

ÉLISA

C'est bien le vrai modèle de l'amitié.

EUPHROSINE

Je t'en réponds. Maman ne se contente pas de re-
garder ma sœur comme sa fille, elle la regarde comme
son amie intime. Si elle en est un instant séparée, lorsqu'elle la revoit ce sont des conversations qui n'en finissent pas.

ÉLISA

Je le sais bien. Je vais te faire à ce sujet une confidence, que je ne voudrais pas faire à tout autre, crainte
de passer pour indiscrète.

Dernièrement, j'allais au clos, comptant t'y trouver.
J'aperçois dans l'allée du bois ta maman qui causait
avec ta sœur. La conversation était fort animée. L'envie me prit de l'entendre. Je me glissai derrière la
charmille, où je ne pouvais être vue. — Que nous
nous sommes heureuses ici, disait ta maman, nous

pouvons donner l'essor à nos sentiments. Nous pouvons nous communiquer nos pensées sans crainte de
les voir contrarier. Oui, ma chère Aglaé, le bonheur
de ton père va faire mon unique étude, nous travaille-
rons ensemble à l'assurer. Confidente de mes plus se-
crètes pensées, tu connais ma tendresse pour lui. Tout
ce qui lui appartient m'intéresse. Ses enfants sont les
miens. Élevés par moi, ils sauront le chérir et apprécier ses bontés. Seconde-moi, ma bonne amie, de tes
conseils, afin que je puisse réussir dans ce que je me
propose. Que notre maison soit le séjour de la paix et
de l'amitié. Qte ton père auprès de nous oublie l'injustice des hommes. Qu'il soit aussi heureux que mon
cœur le désire. Que rien ne trouble jamais l'union qui
règne entre nous. — Qui pourrait y porter atteinte,
reprit vivement ta sœur en embrassant ta maman, elle
est fondée sur la vertu ? Ta sœur reprit son ouvrage ;
ta maman sa guitare. Elle préluda ces deux couplets
qu'elle se mit à chanter. Comme elle les recommença
plusieurs fois, j'eus le temps de les copier avec mon
crayon. Si tu veux les chanter, les voici :

> Douce amitié, présent des dieux,
> Tu fais le charme de ma vie.
> Par toi, que mon cœur est heureux !
> Il vit sans trouble et sans envie.
> Tandis que pour de faux plaisirs
> Trop souvent on te sacrifie,
> Tu viens combler tous mes désirs
> Par le souris de mon amie.
>
> Tendre époux, tu seras heureux,
> J'en conçois la douce espérance ;

Car nous voulons toutes les deux
Te donner la vraie jouissance.
Nous saurons fixer pour jamais
Plaisir, bonheur dans ton asile
Tes jours s'écouleront en paix
Entre ta femme, entre ta fille.

EUPHROSINE

Tendre maman! bonne sœur! Vous ne serez pas seules à penser ainsi, nous vous seconderons. Oui, nous ferons tous le bonheur du meilleur des pères. Que ton récit me fait plaisir, ma chère Élisa, il fait excuser ta curiosité.

SCÈNE IV
EUGÉNIE *entrant.*

Allons donc, petites bavardes ; vous vous tenez enfermées, tandis que tout le monde est en ouvrage. C'est une occupation dans le jardin pour trouver des fleurs. On se dispute sur le choix. L'une veut l'immortelle, l'autre penche pour le myrte, l'autre pour la pensée. Clémentine crie : Bon St Nicolas tu viens dans une bien mauvaise saison. Tout ce bruit n'arrange pas trop ta maman, qui est dans le cabinet, où elle fait ses chansons. Elle vient de temps en temps demander du silence. Mais, a beau prêcher à qui ne veut point entendre. Mes enfants, leur dit-elle, la plus belle fleur pour votre père, c'est l'hommage de vos cœurs. J'en serai l'interprète. Pour cette fois elle n'est point écoutée. Le bruit et la joie étouffent sa voix. Je crois qu'elle n'en est pas fâchée. Cette ivresse seconde ses désirs.

EUPHROSINE

Maman est si contente de notre empressement pour
fêter papa. Si elle osait, elle se mêlerait avec nous.

EUGÉNIE

Je vous dérange peut-être, vous étiez à causer
comme si vous ne vous étiez vues depuis longtemps.
Que peut-on donc trouver à se dire, lorsqu'on se voit
tous les jours ?

ÉLISA

Beaucoup de choses. Quand on ne trouve rien à
se dire, cela prouve le peu de plaisir que l'on a d'être
ensemble. Alors on compose sa conversation pour la
rendre générale.

EUGÉNIE

En ce cas j'ai bien du plaisir à être avec vous, car je
n'aime point me composer, surtout en paroles. Je veux
parler tout à mon aise, ou ne rien dire.

ÉLISA

Il est pourtant nécessaire dans le monde d'apprendre
à dire ce qu'il faut. Si tu y parles trop, tu passeras
pour une bavarde, une inconséquente. Si tu ne dis
mot, tu passeras pour une sotte.

EUGÉNIE

Bavarde, inconséquente, sotte, comme on voudra.
Dans notre campagne on n'a pas le talent de parler
tout juste, sans dire un mot de plus. Ta maman et ta
sœur ne ménagent pourtant guère les paroles, lorsqu'elles causent ensemble.

EUPHROSINE

Tu vas comparer deux amies avec le monde,

EUGÉNIE

On n'est donc point amis dans le monde ?

ÉLISA

Cela est si rare, que l'on peut dire point. Il faut cependant paraître l'être.

EUGÉNIE

Voilà bien une autre manière de se composer ; elle est pire que la première. J'aime bien mieux la campagne. On parle, on aime sans feinte. Il faut être trop savante dans le monde, j'y renonce de bon cœur.

ÉLISA

Tu en seras plus heureuse.

EUPHROSINE

Mais tu ne renonces point à nous.

EUGÉNIE

Je vous aime trop pour cela.

SCÈNE CINQUIÈME ET DERNIÈRE.

CLÉMENTINE

Allons vite, vite, que l'on se dépêche. Voici les fleurs. J'ai eu assez froid à les chercher (*elle souffle dans ses doigts*). Maman dit que l'on fasse les bouquets.

Euphrosine fait placer autour d'une table ses deux amies.

CLÉMENTINE

Et moi donc ?

EUPHROSINE

Par ici... Où donc est Mathurine ?

CLÉMENTINE

Elle est allée chercher les chansons, que j'ai oubliées

EUPHROSINE

Étourdie.

CLEMENTINE

Étourdie toi-même. Crois-tu que je n'ai pas eu de peine à trouver ces fleurs. La vilaine saison pour une si belle fête. Vive le jour de St Louis, on trouve des fleurs en abondance. Celles-ci sont belles, pas trop pour offrir à papa.

EUPHROSINE

Dans le fait, elles sont en petit nombre. Il me vien une idée, si au lieu de faire des petits bouquets, or n'en faisait qu'un, il ne serait que plus beau.

Le reste du manuscrit a été perdu.

PRIÈRE

APRÈS LA COMMUNION

L'auteur avait l'habitude d'improviser une partie de ses prières soit avant soit après la communion. Elle eut plusieurs fois l'intention de les mettre par écrit et d'en composer un recueil. Voici la seule qui ait été trouvée dans son livre de prières.

Je quitte vos autels, ô mon Dieu ; je m'éloigne de vos tabernacles, ô Seigneur des vertus, ce n'est qu'à regret. Mais je ne vous quitte pas pour cela ; je ne m'éloigne pas de vous, ô mon maître et mon roi. Je vous emmène avec moi au milieu du monde, parmi les travaux et les soins de la terre auxquels vous m'avez condamnée.

Quoique privée de votre présence sacramentelle, que vous avez voulu n'être que passagère, je vous possède cependant. Je vous conserverai spirituellement dans mon cœur. Demeurez-y, ô mon Jésus, pour y être toujours mes plus chères délices, mon unique trésor, mon espérance, ma joie, la portion de mon héritage en ce monde, et dans l'éternité mon partage et ma gloire. Ainsi-soit-il.

15

LETTRE DE MADAME POISSON

A SA BELLE-FILLE MADAME FAUCHON,

C'est la dernière lettre qu'elle a écrite,

Orléans, 10 avril 1850

Il est bien temps, ma bonne fille, que je m'acquitte de la promesse que je t'ai faite, de te donner de mes nouvelles. Ma santé est telle que tu l'as laissée ; je m'affaiblis de jour en jour. Comme le bon Dieu voudra : ainsi du reste ; sur lequel je me faisraison. De m'en trop préoccuper n'avancerait pas les choses : mais, tu le sais, il en est qui, malgré vous, vous reviennent sans cesse à l'esprit, surtout quand rien ne le distrait.

On n'entend parler de rien. A ton retour, peut-être quelque chose se découvrira-t-il ? Tu le marques pour le 15 ; cette époque m'a paru éloignée ; mais comme il ne faut pas être égoïste, j'ai pensé au plaisir qu'aurait cette bonne Louise [1] de te posséder plus longtemps près d'elle.

Ta lettre m'a fait plaisir. Je n'en ai pas parlé à ton frère pour éviter un air de mystère : la neuvaine pourrait lui faire croire que je me préoccupe trop [2]. Je l'ai com-

[1] La seconde fille de Mme Fauchon, mariée à M. Fauconnier notaire à Gommerville.

[2] C'était au sujet d'un acte à l'égard de son fils, acte aussi injuste, aussi arbitraire que peu bienveillant, bien capable de la préoccuper, de la troubler et de lui porter un coup sensible.

mencée, cette neuvaine, samedi dernier. Dieu est le maître des cœurs. Il les fait mouvoir à son gré, sa mère [1] est une grande protection près de lui.

Je n'ai pu faire mes Pâques que dimanche à la messe de 8 heures. Il m'a fallu le bras de Marie [2] pour aller à l'église et communier avant la messe, pour mettre quelque chose dans ma bouche.

Je pense que Gommerville doit, en te charmant, te faire éprouver de pénibles souvenirs [3]. Qu'une peine semble cruelle quand l'a précédée le bonheur; chaque instant la renouvelle ; il n'est plus de paix pour le cœur, c'est en vain que de sa pensée on voudrait pouvoir la bannir ; plus l'âme s'en trouve oppressée, plus le cœur aime à s'en nourrir.

Le noir de ce souvenir, bonne fille, s'éclaircit par tes enfants si joyeux de te posséder ; alors la peine se balance et le cœur peut encore s'épanouir.

M. Courty est venu avant de déjeûner chez Mᵐᵉ Guyot, il n'a pas eu le temps de revenir. Emile, que ton frère a été voir, se porte à merveille, ainsi que le cher Henri, qui travaille bien [4].

Mon frère est revenu à bon port [5]. Il a trouvé Aline qui retourne à Chaumont avec Juliette demain jeudi, par le convoi de 7 heures du matin [6].

Je t'attends donc dimanche soir ou lundi. Je me réjouis de te revoir. Nous causerons de ce qui nous occupe.

M. de La Malmaison, habitant de Chartres, vient de

[1] La Sainte Vierge.

[2] Sa domestique.

[3] Le souvenir de son mari, M. Fauchon, mort le 16 mai 1817, chez l'une de ses filles Mᵐᵉ Brinon, à Dommerville, près de Gommerville. Mme Fauchon fut longtemps à se consoler de la perte de son mari.

[4] Emile et Henri, les deux fils de Mme Fauchon.

[5] De Pussay, où il avait une de ses filles, Mme Boyard.

[6] Aline et Juliette, la nièce et la petite nièce de l'auteur, ainsi que Mme Boyard.

nous apprendre que M. Evette [1] était mort la semaine dernière, ce que tu dois savoir.

Ton frère, qui sait que je t'écris, vous embrasse tous, petits et grands ; je fais de même, toi, en premier, bonne fille, et puis tous les autres, Louise, que j'aime tant, doit penser aux vœux que je forme pour elle [2] : aussi nous ferons une neuvaine ; je prierai de tout mon cœur.

Adieu, bonne fille ; je suis fatiguée, mais jamais pour t'assurer de mon tendre attachement,

Ta mère et amie
Vᶜ Poisson.

[1] Ancien curé de Janville, ancien grand vicaire officiel, mort chanoine titulaire, à plus de 80 ans. Il fut toujours attaché aux membres de la famille Poisson, ses anciens paroissiens, qui, du reste, l'aimaient et l'estimaient. Docteur en Sorbonne, professeur de philosophie au séminaire de Chartres, il refusa le serment à la Constitution civile du clergé et émigra en Angleterre. Il fut nommé curé de Janville en 1809. Mgr Clausel de Montals le nomma son premier grand vicaire, lors de sa prise de possession de l'évêché de Chartres en 1824.

[2] Elle était enceinte ; c'était pour l'heureuse issue de sa grossesse.

BETHLÉEM.

NOEL PAR L'ABBÉ POISSON
22 décembre 1878.

(mis en musique)

LE CHŒUR

Célébrons le divin mystère ;
Le verbe enfant, l'Emmanuel
Apparaît enfin à la terre.
Chantons, chantons, Noël, Noël !

I

Au ciel la voix des anges
Répète : gloire à Dieu ;
Ajoute, en ses louanges,
Paix soit en ce bas lieu.
Les bergers les entendent ;
Étonnés, mais croyants,
A l'étable ils se rendent,
Joyeux et confiants.
Célébrons etc.

II

Un enfant dans les langes,
Sur la paille couché,
Célébré par les anges,
Leur cœur en est touché.

15.

A genoux, ils adorent
Dieu caché dans l'enfant ;
Humblement ils l'implorent,
Leur cœur est triomphant.
Célébrons, etc.

III

Ils disent la merveille
Du prodige nouveau,
Durant la nuit de veille
Auprès de leur troupeau.
Bethléem, le Messie,
Racontent ces pasteurs,
D'amour l'âme saisie,
Sincères narrateurs.
Célébrons etc.

IV

Une vive lumière
Paraît à l'orient,
Vocation première
Pour le gentil croyant.
Ce splendide message,
Éclatant dans les cieux,
Conduit la foi du mage
Et réjouit ses yeux.
Célébrons etc.

V

Allez, mage fidèle,
Allez à Bethléem.
Hérode est infidèle,
Fuyez Jérusalem.

Voyez, l'étoile brille :
Sans crainte suivez-la ;
Sur l'étable scintille :
Le Messie est né là.
     Célébrons etc.

VI

Aux élans de votre âme,
La myrrhe, l'or, l'encens
Témoignent votre flamme,
Sont vos riches présents.
Un enfant, une étable,
Des princes, des bergers,
— O leçon délectable ! —
De la foi messagers.
     Célébrons etc.

VII

Vous êtes adorable [1],
 Crèche de mon Sauveur,
Mon cœur est misérable,
Donnez-lui la ferveur.
Enfant Dieu, je vous aime ;
Vous êtes le salut.
Dans la lute elle-même
Soyez toujours mon but.
     Célébrons etc.

VIII

Noël, sujet de joie,
Console du malheur.

[1] On peut employer cette expression, non pour la crèche en elle-même, mais pour son contenu.

Devant nous il déploie
Le ciel, lieu du bonheur ;
Nous rendant l'innocence,
De Dieu nous rend l'amour.
Pleins de reconnaissance,
Acclamons ce grand jour.
      Célébrons etc.

IX

Noël est l'espérance ;
Dieu s'est fait l'un de nous.
Soyez en assurance,
Pauvre, il est avec vous.
Considérez l'étable,
Enseignement divin ;
Qu'il vous soit profitable ;
Fuyez l'esprit malin.
      Célébrons etc.

X

La leçon est sublime :
Notre orgueil est brisé.
La crèche nous exprime
L'amour du délaissé.
Dieu, source de tendresse,
Aime la pauvreté,
Aime l'humble détresse,
Abaisse la fierté.
      Célébrons etc.

XI

Apprenons à connaître,
En ces instants bénis,

L'enfant qui vient de naître,
Près de lui réunis.
Il attend nos hommages,
Notre foi, notre amour ;
A la suite des Mages
Venons à notre tour.
> Célébrons etc.

XI

Offrons toute notre âme
A l'Enfant rédempteur.
Fuyons l'Hérode infâme,
Le cruel contempteur.
Repoussons l'incrédule,
En son hautain mépris,
Voyez comme il s'adule,
De sa pensée épris.
> Célébrons etc.

J'ajoute aux poésies de ma mère, deux pièces de vers de ma nièce Euphrosine Courty, veuve de mon neveu Emile Fauchon, son cousin germain. Ces vers ne sont pas sans mérite.

STANCES SUR LA MORT

DE SON DERNIER ET HUITIÈME ENFANT

Octave

Dieu t'a repris, mon doux archange
Au front si pur, aux yeux si bleus !!!
Il te voulait dans sa phalange
Qui près de lui peuple les cieux.
Un an s'est écoulé depuis qu'en ton berceau
Je ne vois plus ta blonde tête
Reposer doucement sous le léger rideau
Que je soulevais, inquiète !!!

Pour essuyer mes pleurs, je me prends à songer
Que ton bonheur est ineffable ;
Que pour toi dans le ciel il n'est plus de danger :
Au ciel tout est beau, pur, aimable.
Dis-moi, dis-moi, bel ange, en la céleste Cour,
Quand tu volas à tire d'aile,
N'as-tu pas rencontré dans le divin séjour
Ma mère, et mon père auprès d'elle ?

Cher ange, dis encor ; que de sa triste mère
Je puisse apaiser la douleur —

Que tu vois sa Céline [1] assise la première
    Parmi les Vierges du Seigneur.
    Mait dis surtout, blond chérubin,
Au funeste moment où Dieu me prit ton père,
    Que ce fut toi, son benjamin,
Qui le reçus au seuil du divin sanctuaire.

    Reste avec Dieu, mon doux archange :
    Mais quand la nuit voile les cieux,
    Viens, oh ! viens, quitte la phalange
    Pour me montrer tes yeux si bleus.

---

[1] Céline Brinon morte à 16 ans et demi à la suite d'une fièvre typhoïde, le 4 septembre 1861. J'avais précédé dans la vie, cette jeune petite nièce, elle m'a précédé dans la mort. Promptement ravie, elle a rencontré dans la tombe le terme de sa beauté et de ses ans. Pensée triste qui s'unit bien à l'élégie de ma nièce Euphrosine! Le silence du tombeau est solennel, instructif; devant lui disparaissent toutes les vanités et toutes les agitations de la terre. L'âme est profondément remuée; la foi n'ôte ni le mystère, ni l'inconnu, mais elle donne l'espérance!!!

COUPLETS

A L'OCCASION DU MARIAGE
DE SON BEAU-FRÈRE ET COUSIN
HENRI FAUCHON

Cher Henri, voilà donc celle
A qui tu vas donner ton nom.
Qu'elle soit bonne autant que belle,
Douce sera votre union.
Combien sa grâce est ravissante !
Que son sourire est enchanteur !
Elle est gentille, elle est charmante, } *bis*
Merci de la rendre ma sœur.

Et tu me dis qu'à tant de charmes
Elle sait unir la gaîté.
Entrain, douceur, voilà les armes
Par lesquelles tu fus dompté.
Dans son regard limpide et tendre
Tu lus et surpris ton bonheur.
Oh, que pour moi j'aime l'entendre } *bis*
Prononcer le doux nom de sœur ?

Fais le serment qu'à ta Marie
Tu feras couler d'heureux jours ;
Qu'elle sera toute ta vie
Le seul objet de tes amours.
A cette enfant [1], que chacun aime,
Travaille à donner le bonheur.
De mon âme le vœu suprême } *bis*
Est que tu chérisses ma sœur.

[1] La jeune épouse n'avait que 17 ans et demi.

VERS

MIS AU BAS D'UNE CROIX ENLACÉE D'UNE PENSÉE
ET DE SON FEUILLAGE,
PEINTE PAR SA FILLE AINÉE.

A vous, Dieu du calvaire,
Les pensées de mon cœur
Adieu joies de la terre,
Je suis à mon Sauveur.

VERS

POUR UN BOUQUET DE FLEURS PEINT PAR LA MÊME.

En contemplant ces gracieuses fleurs
Aux doux parfums, aux riantes couleurs,
Vers Celui qui pour nous orne la terre
Faisons monter une ardente prière.

TABLE

Paris-Auteuil. — Imprimerie des Apprentis-Orphelins. — Roussel
40, rue La Fontaine, 40.

ŒUVRES DE L'ABBÉ POISSON

1° ESSAI SUR LES CAUSES DU SUCCÈS DU PRO-
TESTANTISME AU XVIe SIÈCLE.

2° EXPLICATION DES ÉVANGILES, 2 v. in-18. 2 f.

3° CHRONIQUES DE L'ABBAYE DE SAINT PÈRE
DE CHARTRES, SUIVIES DE LA MONOGRAPHIE
DE L'ÉGLISE.

4° VIE DE SAINT GILDIUM.

5° LÉGENDE DE SAINTE SOLINE.

6° NOTICE SUR L'ABBAYE DE L'EAU.

7° LA RAISON, LA SCIENCE ET LA FOI DEVANT
LE MYSTÈRE, 1 v. in-8°.   6 f.

8° POÉSIES ET AUTRES PIÈCES, 1 v. in-12. 2 f. 50.

9° SERMONS ET INSTRUCTIONS, PUBLIÉS DANS
L'ENSEIGNEMENT CATHOLIQUE.

IMPRIMERIE DES APPRENTIS-ORPHELINS. — ROUSSEL. — 40, RUE LA FONTAINE
PARIS-AUTEUIL.

www.ingramcontent.com/pod-product-compliance
Lightning Source LLC
Chambersburg PA
CBHW071819020726
47502CB00004B/1167